LEÇONS NOUVELLES

ET

REMARQUES

SUR LE TEXTE DE DIVERS AUTEURS

PAR

REINHOLD DEZEIMERIS

MATHURIN REGNIER — ANDRÉ CHÉNIER
AUSONE

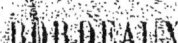

BORDEAUX

Vve PAUL CHAUMAS, LIBRAIRE-ÉDITEUR
34, COURS DU CHAPEAU-ROUGE, 34

1876

LEÇONS NOUVELLES

ET

REMARQUES

SUR LE TEXTE DE DIVERS AUTEURS

hS29

LEÇONS NOUVELLES

ET

REMARQUES

SUR LE TEXTE DE DIVERS AUTEURS

PAR

REINHOLD DEZEIMERIS

MATHURIN REGNIER — ANDRÉ CHÉNIER
AUSONE

BORDEAUX

Vve PAUL CHAUMAS, LIBRAIRE-ÉDITEUR

34, COURS DU CHAPEAU-ROUGE. 34

1876

Extrait des *Actes de l'Académie des Sciences, Belles-Lettres et Arts de Bordeaux*, année 1875.

AVANT-PROPOS

Condo et compono quæ mox expromere possim.
HORACE.

J'ai toujours apprécié beaucoup ces ouvrages où les savants d'autrefois s'appliquaient à recueillir, sous le titre de *Variæ lectiones, Adversaria,* et autres semblables, leurs corrections de vieux textes, leurs remarques sur des points difficiles d'érudition. Les Turnèbe, les Vettori (Victorius), les Muret, les Canter, les Barth, les Heinsius [1], estimant que, pour se dire éditeur d'un livre, il ne suffisait pas d'avoir corrigé les épreuves de quelque réimpression, présentaient ainsi, sans grand fracas, le résultat accumulé de leurs lectures, de leurs heureuses rencontres ; et, plus tard, quand l'éditeur véritable survenait, il trouvait dans toutes ces réserves dues aux doctes prédécesseurs de quoi compléter ses commentaires et susciter sa critique.

Pourquoi ne ferait-on point pour les auteurs français,

----

[1] C'est pour ne parler que des anciens que j'omets les noms des grands philologues Madvig et Cobet, très dignes de figurer avec les plus illustres.

qui sont aussi des classiques, ce que l'on a fait si souvent pour les grecs et les latins? Un intéressant et très utile journal périodique, l'*Intermédiaire des chercheurs et des curieux*, a montré combien la collaboration de tout un public lettré pouvait éclaircir de sujets restés obscurs ; car, comme dit Ausone (*Præfat. Griph.*), *Alius alio plura invenire potest : nemo omnia.* C'est donc à ce recueil, ou à d'autres du même genre qu'il faut poser les questions à élucider ; mais celles, en bien plus grand nombre, que chaque liseur attentif rencontre et résoud lui-même, par suite de recherches ou de simples hasards, celles-là pourraient, ce me semble, trouver place dans des publications littéraires, ou même devenir l'objet de petits volumes spéciaux.

J'en fais l'essai. Non point avec la prétention de donner un exemple, mais un peu avec l'espoir de provoquer un élan.

Que le lecteur veuille bien se montrer indulgent à cette tentative, et qu'il pardonne la brusquerie avec laquelle je vais l'entraîner dans ces exercices de voltige :

Est etenim aurigæ species Vertumnus, et ejus
Trajicit alterno qui leve pondus equo.

(PROPERCE, IV, II, 35.)

CHAPITRE Iᵉʳ

MATHURIN REGNIER

On a publié ou réimprimé, en ces derniers temps, plusieurs éditions des poésies de Mathurin Regnier; chacune d'elle a ses mérites, mais, depuis celle de M. Viollet Le Duc, on ne paraît pas avoir songé à compléter le commentaire de Brossette qui laisse subsister d'assez nombreuses lacunes, soit dans les rapprochements littéraires, soit dans les explications ou les corrections du texte. Regnier cependant est un des auteurs qui ont le plus besoin d'un commentaire exégétique et critique, et comme, selon toute apparence, on songera bientôt à donner de ses œuvres une édition très soignée *(accuratissimam),* je viens offrir par avance mon tribut, bien aise de caser ainsi mes notules, en dégageant peu à peu mon exemplaire des petits papiers que j'y intercale depuis longtemps, et qui font gémir misérablement son dos tendu et ses plats boursouflés ([1]).

Il y a quelques années, en feuilletant un recueil manuscrit du seizième siècle ([2]), où se trouvait la première rédaction de l'épitaphe latine de Michel de Montaigne ([3]), je rencontrai une belle copie des *Stances au Roy* du cardinal Du Perron ([4]).

Ces vers, que je ne connaissais pas encore, rappelaient invinciblement à mon souvenir d'autres vers que j'avais lus ailleurs; et bientôt, prenant en main un Regnier, je pus constater que le neveu de Desportes avait, pour une ou deux de ses pièces, fait de nombreux emprunts au cardinal-poète.

Nulle publication, à ma connaissance, n'ayant noté ce fait, je rapporterai ici les vers de Du Perron, d'après la copie manuscrite qui corrige heureusement diverses leçons fautives des imprimés ([5]). On trouvera en note les passages de Regnier qui ont avec ces stances des rapports de pensée ou de forme.

[1] Je ferai particulièrement usage de l'édition de Viollet Le Duc (Paris, 1822), où les vers sont numérotés, mais en collationnant au besoin son texte avec celui des éditions de MM. de Barthélemy (1862), P. Janet (1867), et Courbet (1869).

[2] C'est un gros in-4°, contenant particulièrement des productions de Godefroy de Malvin, conseiller au Parlement de Bordeaux. Ce volume fait partie de la bibliothèque de M. Jules Delpit, à l'obligeance de qui j'en dus la communication.

[3] Voir mes *Lettres au Dr Payen sur l'auteur des Épitaphes de Montaigne*, p. 24.

[4] Cette copie ne porte que le seul titre : *Au Roy,* sans mention d'auteur.

[5] Je donnerai les variantes de l'imprimé d'après l'édition des *Œuvres* de Du Perron, Paris, 1622, in-folio.

STANCES AU ROY ([1]).

Grand Roi, dont les malheurs élevent la vertu
Et servent de degres à l'autel de ta gloire,
Qui plus as d'ennemis, moins te vois abatu,
Aussy fier au peril que dous en la victoire;   4
    Prince, en tout accident par le sort esprouvé,
Juste ornement futur des histoires fidelles,
Qui, par un art royal, à toy seul reservé,
Pardonnes aux vaincus et domtes les rebelles;   8
    Ores que le soleil recommence son cours,
Pour marquer les saisons que sa lumiere change,
Je veus de ta valeur commenser le discours,
Pour avec l'an croissant acroistre ta louange.   12
    Des l'heure que le Ciel, touché de nos doleurs,
Jettant l'œil sur la France au sang des siens trempée,
Te choisit pour trancher par le fer ses malheurs,
Il maria des lors ma plume a ton espée.   16

([1]) *Stances au Roy*. La première *Satyre* et la première *Epistre* de Regnier sont aussi adressées à Henri IV, et portent l'une et l'autre le titre de : *Discours au Roy*.

V. 4. Regnier (*Epistre* I, 166) :

> Par clemence aussi grand comme il est par le fer.

V. 6. Regnier (*Epistre* I, 228) :

> . . . . honneur de nos histoires.

V. 7. Regnier (*Sat.* I, 14) :

> Car, estant ce miracle *à toy seul reservé*.
> . . . .
> Tu fais que tes bontés excedent tes injures.

et (*Epistre* I, 165) :

> Il sait en pardonnant les discors estouffer.

V. 15. Variante imprimée : « nos malheurs ».
V. 16. Regnier (*Sat.* I, 150) :

> Je plante mon lierre au pied de tes lauriers.

Un plus jeune que moi n'auroit veu tes combas,
Pour en trasser la suitte et l'ordonnance entiere;
Un plus aagé que moi ne les escriroit pas,
Car les ans luy faudroent pluś tost que la matiere.　　20

Toutes les qualités que le Ciel peut donner,
Pour vaincre par la force, ou gaigner par les charmes,
L'astre qui luit aus Rois eut soing de t'en orner,
Afin de dompter tout, par amour ou par armes.　　24

La Clemence et la Foi sont peintes sur ton front,
Au feu de tes propos, aus traitz de tes sentences
Luit un clair jugement, un esprit vif et promt
Qui se souvient de tout, excepté des offences.　　28

D'aucun empechement ton cours n'est arresté,
Tu brises des destins la contrainte invincible,
Et ne cedes pas mesme à la necessité,
Rendant par ta vertu l'impossible possible.　　32

Lorsqu'au fort des exploits pluvent mille hazards,
Chascun, pour s'asseurer, regarde ton visage,
Et ton œil flamboiant, c'est l'estoile de Mars
Dont les tiens au peril emprumtent leur courage.　　36

Les seulz traicts eslancés par la main de l'enfent
Qui faict la guerre aus cœurs trouvent le tien sensible,

V. 20. Var. impr. : « Car le temps luy faudroit ».
REGNIER (Sat. IX, 122) :

> Leur âge *defaudra plus tost que la matiere*.

V. 22. Var. impr. : « vaincre par l'effort ».
V. 26. Var. impr. : « Au flus ».
V. 32. Var. impr. : « par les vertus ».
V. 33-35. REGNIER (Sat. I, 1) :

> Puissant roy des François, *astre vivant de Mars*,
> Dont le juste labeur, surmontant *les hazards*....

V. 35. Var. impr. : « flamboyant est l'estoille ».
V. 36. Var. impr. : « le courage ».
V. 37. Var. impr. : « de la main ».
V. 38. Var. impr. : « la guerre aux Dieux ».

Et ton roial Demon, des autres triomphant,
Pert en ce seul combat le titre d'invincible.   40
    Heureuse mille fois l'angelique beauté
Qui voit dessoubs ses pieds tant de gloire captive,
Et dompte avec les yeux ton esprit indompté
Qui, pour cherir ses fers, de liberté se prive.   44
    Les lauriers immortels dont Mars ton chef estraint,
Couronne que Venus de ses myrtes secounde,
Ne te preservent point que tu ne sois atteint
De ce foudre d'amour qui brusle tout le monde.   48
    L'or de ses blonds cheveus, filets semés d'appas,
Des peuples prisonniers tient les ames ravies,
Tous les traits de ses yeux sont autant de trespas,
Et tous ses dous souris donnent autant de vies.   52
    Puissent tes fiers subjets distraicts de leur devoir,
Qu'un esprit factieux aus revoltes inspire,
Recognoistre aussy bien les lois de ton pouvoir
Comme tu recognois celles de son empire !   56
    Ou, s'il faut qu'à l'amour la force ouvre le pas,
Et que sur le laurier l'olive soit entée,
S'il faut qu'un sort armé decide nos debas,

V. 37-48. On peut rapprocher des trois dernières stances les vers
suivants d'une élégie (V, 29 et suiv.) où Regnier parle au nom
d'Henri IV. « Moy », dit-il,

> Qui fis de ma valeur le hazard tributaire,
> A qui rien, fors l'amour, ne pût estre contraire,
> Qui commande par tout, indomptable en pouvoir,
> Qui sçay donner des loix, et non les recevoir :
> Je me vois prisonnier aux *fers* d'un jeune maistre
> Où je languis esclave, et fais gloire de l'estre ;
> Et sont à le servir tous mes vœux obligez.
> Mes palmes, mes *lauriers* en *myrthes* sont changez, etc.

V. 43. Var. impr. : « avec ses yeux ».
V. 45. REGNIER (*Epistre* I, 45) :

> Ce prince, ainsi qu'un *Mars,* en armes glorieux,
> De palmes ombrageoit son *chef* victorieux.

V. 46. Var. impr. : « de son myrthe ».

Et qu'avecques le sang la paix soit cimentée, 60
   Oy ces ardents souhaits en ta faveur escrits,
Prince, dont les vertus promettent des miracles,
Pour qui nous eslevons nos vois et nos esprits,
Afin que les destins les changent en oracles : 64
   Puisse de leurs conseils sans esfait proposés
Se dissiper en l'air la prudence perfide,
Et, dans l'injuste main des peuples abusés,
Trembler et reboucher le glaive parricide ! 68
   Puissent de leurs cités et de leurs forts encor
Trebucher devant toy les rebelles murailles,
Et l'alaigre victoire aveq ses aisles d'or
Voler dessus ton chef au milieu des batailles ! 72
   Puisse ton ample estat, sauvé de touts dangers,
Affermir tellement le pois de ses colonnes
Que ton fer s'aille teindre au sang des estrangers,
Et que tous tes combats soient autant de couronnes ! 76
   Puisses tu, d'une mer jusqu'à l'autre courant,
Marquer et consacrer par l'acier de ta lance,

V. 64. REGNIER (*Sat.* I, 59) :

> Et c'est aux mieux disants une temerité
> De parler où le ciel discourt de tes *oracles,*
> Et ne se taire pas où parlent tes *miracles.*

V. 66. Var. impr. : « la puissance ».
V. 67-84. REGNIER (*Epistre* I, 231) :

> Malgré tes ennemis. . . . .
> *Puisse* estre à ta grandeur le destin si propice
> Que ton cœur de leurs traits *rebouche* la malice !
> Et s'armant contre toy, *puisses* tu d'autant plus
> De leurs efforts dompter le flus et le reflus....
> Et, brave, t'eslevant par dessus les *dangers,*
> Estre l'amour des tiens, l'effroy des *estrangers !*...
> Tu ressentes d'ardeur ta vieillesse eschauffée,
> Voyant tout l'*univers* nous servir de trophée....
> *Puis,* n'estant plus icy chose digne de toy,
> Ton fils du monde entier restant paisible roy,
> Sur tes modelles saincts et de paix et de *guerre*
> Il régisse, puissant en justice, *la terre.*

Seul absolu monarque et dernier conquerant
Les fins de l'univers pour bornes de la France ! 80
 Puis, lors puissent tes bras, de trop vaincre lassés,
Enchaîner pour jamais l'idole de la guerre,
Rendant par tes hauts faicts l'un sur l'autre entassés
Ta gloire esgale au ciel, ton empire à la terre ! 84

Aux vers de Regnier que j'ai transcrits en note comme imités de Du Perron, j'aurais pu joindre d'autres rapprochements (¹) relatifs aux procédés phraséologiques les plus familiers à ce dernier. Je ne citerai qu'un seul exemple facilement appréciable. On a remarqué peut-être dans ces stances les oppositions produites par le rapprochement dans le même vers de formes simples et de formes composées; Du Perron a dit au vers 32 :

 Rendant par ta vertu l'*impossible possible;*

et au vers 43 :

 Et *dompte* avec les yeux ton esprit *indompté.*

Eh bien! Regnier ne sait pas résister à l'effet de ces vers scintillants, il est fasciné par le mirage, et il dit aussitôt lui-même, dans cette première satire que nous avons souvent citée (v. 57) :

 Ne pouvant *le fini* joindre *l'infinité.*

Du reste, il faut le remarquer, cette allure du vers,

V. 82. Regnier (*Sat.* I, 40) :
 Et ferme *pour jamais* le temple *de la guerre.*

(¹) Je pourrais, en particulier, signaler dans l'*Epistre* I de Regnier des passages évidemment inspirés par les Stances de Du Perron *sur la venue du Roy à Paris,* p. 38, éd. in-folio.

majestueuse et compassée, qui reparaît dans presque
toutes ces strophes comme pour les couronner, est bien
un caractère spécial de la nouvelle école à laquelle appar-
tenait Du Perron; mais elle ne convenait à Regnier que
dans une certaine mesure, et, en dehors de quelques
pièces d'apparat qui n'étaient point précisément des
productions naturelles à son génie, il revenait, pour
l'ordinaire, à la forme plus libre et dégagée de Du Bellay
et de Ronsard, deux grands poètes qui d'ailleurs avaient
bien, eux aussi, le sentiment de l'ampleur et de la
noblesse. Ce vers, que nous avons trouvé dans Du
Perron (v. 8) :

Pardonnes au vaincu et domptes le rebelle,

ce vers qui impose le souvenir de la *Henriade*, n'est pas
de Du Perron, car Ronsard avait dit à François II,
(p. 1237, éd. de 1623) :

Mais pardonne au vaincu, et donte le rebelle.

Et cela me rappelle précisément que cet autre beau
vers du *Cid* (I, 6) :

Remplir les bons d'amour et les mechants d'effroi,

n'est pas de Corneille, puisqu'on lit dans Regnier
(*Satyre* I, 45) :

Comblant les bons d'amour et les mechants d'effroi;

je ne sais même si, en écrivant ce dernier, Regnier à son

tour ne se souvenait pas de celui-ci de Du Bartas (t. I.,
p. 445, éd. de 1611, in-fol.) :

Unique espoir *des bons*, juste *effroi des méchants* (¹),

qui est du reste tout à fait digne de Regnier et de
Corneille.

On voit combien la filiation est souvent directe entre
les poètes de l'école de Ronsard et ceux du grand siècle.
Regnier est certainement un devancier, et un devancier
assez rapproché de Molière; Du Perron a déjà le secret
de certains tons de la langue de Corneille : or, Regnier et
Du Perron sont des disciples de Ronsard, et, mainte fois
encore, jurent par les paroles du maître, que ces paroles
soient ou création de son génie, ou combinaison de son
savoir.

Pour rendre plus manifestes ces rapports de descen-
dance, je choisirai un exemple qui nous fera faire des
rencontres assez curieuses.

Dans la *Remontrance au peuple de France*, qui fait partie
des *Discours* de Ronsard *sur les Miseres de ce temps*, on
lit le passage suivant (p. 1357, éd. de 1623, in f°; t. VII,
p. 56, éd. Blanchemain) :

Le soleil, la lumiere commune,
L'œil du monde, et, si Dieu au chef porte des yeux,
Les rayons du soleil sont les siens radieux,

(¹) Du Bartas et Regnier ont dû s'inspirer directement ou indirec-
tement de ces vers de Solon (*Eleg.* XI, vers 5, éd. de Schneidewin),
s'adressant aux Muses :

δότε.....
εἶναι δὲ γλυκὺν ὧδε φίλοις, ἐχθροῖσι δὲ πικρόν,
τοῖσι μὲν αἰδοῖον, τοῖσι δὲ δεινὸν ἰδεῖν.

Qui donnent vie à tous, nous conservent et gardent
Et les faits des humains en ce monde regardent.
Je dy ce grand soleil, qui nous fait les saisons,
Selon qu'il entre ou sort de ses douzes maisons,
Qui remplit l'univers de ses vertus cognuës,
Qui, d'un trait de ses yeux, nous dissipe les nuës,
L'esprit, l'ame du monde, ardant et flamboyant
En la course d'un jour tout le ciel tournoyant,
Plein d'immense grandeur, rond, vagabond et ferme,
Lequel a dessous luy tout le monde pour terme,
En repos sans repos, oisif et sans sejour,
Fils aisné de Nature et le pere du jour (¹).

Il y a en ces vers des traits puissants. Montaigne en fut frappé et inséra le passage entier dans les *Essais* (²). Regnier les imita ; mais, plus sobre que son modèle, il condensa la veine un peu relâchée du Vendômois et reproduisit en quatre vers les expressions et les images les plus remarquables du morceau :

Cet astre, *ame du monde, œil* unique *des cieux,*
Qui travaille *en repos,* et jamais ne sommeille,
Père immense du jour, dont la clarté vermeille
Produit, nourrit, recrée et *maintient* ces bas lieux.

Regnier a placé cela dans un sonnet d'un mysticisme

(¹) Les commentateurs de Ronsard auraient dû constater que ce passage est une imitation de l'*Hymne orphique* (VIII, éd. d'Hermann) au Soleil. Le ton litanique du grec a laissé des traces sensibles dans les vers du poète français.

(²) II, 12. — Aucun éditeur de Montaigne n'a, à ma connaissance, restitué à Ronsard la propriété de ces vers, et M. le Dʳ J.-F. Payen les avait insérés dans son *Appel aux érudits* parmi les citations dont la source n'était point connue.

assez alambiqué (¹), datant probablement de la fin de sa vie, mais je crois fort que c'est en lisant les *Essais* qu'il avait saisi au passage les vers de Ronsard. En effet, le texte donné par Montaigne porte quelques variantes, dues probablement au moraliste bordelais (²). Or, parmi ces variantes, il en est une qui, au quatrième vers, remplace « *nous conservent* » par : « *nous maintiennent* ». Les vers de Regnier montrent qu'il a suivi cette variante.

Il est bien naturel de supposer que le vieux satirique lisait volontiers les *Essais,* mais il est surprenant que l'on n'ait pas insisté encore sur l'influence de Montaigne sur Regnier. Je n'ai point l'intention d'épuiser ici ce sujet, mais je citerai quelques passages qui mettront hors de doute le fait de cette influence qu'il y aurait lieu de suivre plus attentivement.

(¹) Il y avait à faire des réserves sur l'authenticité de ce sonnet, donné par toutes les éditions depuis celle de 1652, mais dont l'attri-bution à Regnier ne reposait jusqu'ici que sur le fait d'avoir été inséré dans ladite édition (Leiden, J. et D. Elsevier). Je constate que deux vers de la Vᵉ satire (111 et 112), évidemment imités du même passage de Ronsard, constituent en faveur de cette attribution une présomption des plus sérieuses.

(²) Il pourrait se faire, toutefois, que ces variantes fussent celles des premières éditions de Ronsard. Je n'ai pu vérifier le fait. Si les variantes sont de Montaigne (et j'ai montré dans *l'Intermédiaire,* IVᵉ année, col. 217, que Montaigne ne se privait pas au besoin d'amender les vers de ses amis), il serait assez intéressant de constater que ces corrections, bien que contemporaines de Ronsard, étaient faites conformément aux progrès futurs du langage. Par exemple, au vers 3, au lieu de :

.... si Dieu au chef porte des yeux,
Les rayons du soleil sont les siens radieux,

Montaigne substitue par une heureuse répétition :

Les rayons du soleil sont ses yeux radieux.

Au vers 6, au lieu de : *Je dy ce grand soleil,* il met : *Ce beau, ce grand soleil.* — Dans ces petits détails, on sent que le langage grandit lui-même et prend peu à peu l'allure régulière et ferme de l'âge viril.

2

La dernière des satires (la XVIe), où l'on n'a pas encore suffisamment signalé la constante imitation d'une épître d'Horace (I, 6), est aussi une de celles dont le texte laisse le mieux reconnaître la trace des *Essais*. Elle nous montre Regnier complétant Horace par Horace (¹) et par Montaigne; et c'est un trait assez notable de ressemblance entre les deux auteurs français que les digressions auxquelles un mot, un souvenir classique donnent lieu chez eux: ils se laissent volontiers détourner par un attrayant butinage, et en viennent ainsi l'un et l'autre à oublier quelque peu, dans la causerie érudite et familière, le sujet principal de leur chapitre. Ici un mot du satirique latin:

Fere miratur eodem,
Quo cupiens, pacto : pavor est utrobique molestus,

rappelle à Regnier plusieurs passages de Montaigne et il abandonne son premier guide pour suivre celui-ci:

Je trouve, quant à moi, bien peu de difference
Entre la froide peur et la chaude esperance;
D'autant que même doute egalement assaut
Nostre esprit, qui ne sait au vrai ce qu'il lui faut;
Car, estant la fortune en ses fins incertaine,

(¹) Brossette avertit que le commencement de cette satire est imité de l'ode d'Horace : *Justum et tenacem*. C'est une erreur. Regnier, qui imitait une épître d'Horace (I, 6) a seulement amplifié son modèle en prenant chez Horace encore, mais ailleurs (*Od.* III, 3), un trait célèbre. J.-B. Rousseau, dans une lettre, avait cependant signalé à Brossette l'imitation de l'épître *Nil admirari;* mais il se trompait lui-même en supposant que le commencement seul de la pièce de Regnier en était tiré. Entre de petites digressions, la pièce latine reparaît, et son texte essentiel sert de canevas à toute la broderie humouristique du poète français.

L'accident non prévu lui donne de la peine;
Le bien inesperé nous saisit tellement
Qu'il nous gèle le sang, l'ame et le jugement,
Nous fait fremir le cœur, nous tire de nous memes, *etc.*

Les mêmes choses sont dites dans les *Essais*, en termes très voisins (I, 2 ; I, 54 et ailleurs); il me suffit de rappeler ici cette phrase (*Essais* I, 2) qui suit un exposé des effets de la tristesse : « La surprise d'un *plaisir inesperé* nous estonne de mesme. »

Sans signaler une imitation positive, mais pour relever un point d'analogie bien honorable pour les deux auteurs, je rappellerai ces vers de Regnier (*Sat.* XVI):

Un President, pour moi, n'est non plus qu'un notaire;
Je fais autant d'estat du long comme du court,
Et mets en la valeur ma faveur et ma court (¹);

et ceux-ci, adressés à l'homme qu'il a cherché à découvrir dans la foule du monde, à Sully (*Sat.* XIV, 26) :

Ma foy, si ce n'est vous, je n'en veux plus chercher.
Or, ce n'est point pour estre eslevé de fortune :
Aux sages comme aux fous c'est chose assez commune,
Elle avance un chacun sans raison et sans choix :

(¹) La suite de la XVIe satire sent encore son Montaigne. On s'en aperçoit surtout à cette réflexion de bon sens pratique (v. 106), à propos des ermites allant en Thébaïde afin de trouver la vie heureuse :

Sans la chercher si loin, chacun l'a dedans soy.

Regnier se souvenait du chapitre 38 du premier livre des *Essais*, et particulièrement de cette phrase : « Il y a pour moy assez à faire, sans aller si avant. »

Les fous sont, aux échets, les plus proches des rois (¹).
Aussi mon jugement sur cela ne se fonde :
Au compas des grandeurs je ne juge le monde;
L'esclat de ces clinquants ne m'esblouit les yeux....
Des hommes, tout ainsi, je ne puis reconnoistre
Les grands, mais bien ceux la qui meritent de l'estre;
Et de qui le merite, indomptable en vertu,
Force les accidents et n'est point abattu;
Non plus que de farceurs, je n'en puis faire conte, *etc.*

C'est là une noble profession de foi que Montaigne de
son côté a faite en mainte occasion, mais nulle part plus
fièrement et noblement que dans sa lettre au chancelier
de l'Hospital : « Ce legier present servira à vous tesmoigner
» l'honneur et reverence que je porte à votre suffisance et
» qualités singulières qui sont en vous, car quant aux
» estrangieres et fortuites, ce n'est pas mon goust de les
» mettre en ligne de compte. » — Voilà pour Sully et
l'Hospital une rencontre digne de l'un et de l'autre.

Dans cette même satire (XIVᵉ), au commencement
(v. 11 et suiv.), on lit :

C'est de nostre folie un plaisant stratagesme
Se flattant de juger les autres par soy-mesme;
Ceux qui, pour voyager, s'embarquent dessus l'eau,
Voyent aller la terre, et non pas leur vaisseau :

Or, Montaigne avait dit (II, 13) : « Nous faisons trop de

(¹) Ronsard, *Poëmes*, liv. I, *La Salade :*

L'homme ignorant, dont les jours sont si brefs,
Ne connoit pas que c'est un jeu d'echets
Que nostre courte et miserable vie;
Et qu'aussitost que la mort l'a ravie,
Dedans le sac on met tout à la fois :
Rocs, Chevaliers, Pions, Roynes et Rois.

» cas de nous... Nostre veue alterée se represente les
» choses abusivement, et nous est advis qu'elles luy
» faillent à mesure qu'elle leur faut : comme ceux qui
» voyagent en mer, à qui les montaignes, les campaignes,
» les villes, le ciel et la terre vont mesme bransle et quant
» et quant eux... Nous entraisnons tout avec nous. »

Mais ceci nous conduit tout naturellement à un autre
passage où l'imitation est plus sensible encore. Il se
trouve dans la IXe satire (v. 222) :

De là vient que chascun, mesmes en son deffaut,
Pense avoir de l'esprit autant qu'il luy en faut;
Aussi, rien n'est party si bien par la nature
Que le sens : car chascun en a sa fourniture (¹).

Sans insister sur divers détails qui précèdent ou
suivent, ne peut-on affirmer que ces quatre vers dérivent
de ces lignes de Montaigne (*Essais*, II, 17) : « Il ne feut
» jamais crocheteur ny femmelette qui ne pensast avoir
» assez de sens pour sa provision... Le plus sot homme
» du monde pense avoir autant d'entendement que le
» plus habile... Voila pourquoy on dit communement
» que le plus juste partage que nature nous aye fait de
» ses graces, c'est celuy du jugement, car il n'est nul qui
» ne se contente de ce qu'elle luy en a distribué (²). »

(¹) Cf. Ausone, *Ludus Sap., Bias,* 9 :

Sed nemo quisquam tam malus judex fuat
Qui non bonorum partibus se copulet.

(²) J'emprunte cette citation au texte primitif des *Essais* (t. II,
p. 235, 236 de la nouvelle édition). Le texte vulgaire ne contient pas
la seconde phrase : « Le plus sot homme, etc. »; mais il donne pour
la dernière phrase la variante : « celuy du sens » au lieu de : « celuy
du jugement ». — Descartes se souvenait probablement de ce passage
de Montaigne, lorsqu'il écrivait les premières lignes du *Discours de
la Méthode* : « Le bon sens est la chose du monde la mieux partagée,

Un peu plus loin, le vers (244) :

En toute opinion, je fuis la nouveauté

n'est, comme on pourra aisément s'en convaincre, qu'un écho de cette déclaration conservatrice de Montaigne (*Essais,* I, 22) : « Je suis desgouté de la nouvelleté, » quelque visage qu'elle porte, et ay raison, car j'en ay » veu des effets tresdommageables, etc. » (¹)

Mais il est grand temps de mettre un peu plus d'ordre en ces remarques. Je vais donc reprendre les choses du commencement et les poursuivre ensuite, autant, du moins, que les digressions inévitables me permettront de le faire.

Satyre I, vers 23 et suiv. — La source primitive de ce tableau d'un peuple heureux est un passage d'Hésiode (*Travaux et Jours,* 223-235). J'ai noté sur mon exemplaire de Regnier d'assez nombreuses imitations des poètes grecs et en particulier d'Hésiode. Mais, à y regarder de près, on s'aperçoit, en général, que l'emprunt n'est pas direct, et qu'entre Hésiode et Regnier il y a souvent Ronsard, auteur d'une première imitation, et parfois créateur de quelques variantes mythologiques. Les fables de Pandore, d'Astrée, des Ages du monde, et cent détails secondaires avaient été utilisés et diversifiés par le Vendômois qui savait Hésiode par cœur. Regnier, je crois, quand il entre en rapport avec les grecs, prend volontiers Ronsard pour interprète. Je ne fais d'ailleurs ici qu'une réserve générale et ne prétends point affirmer que notre poète ne puisât jamais à la source même,

car chacun pense en être si bien pourvu, que ceux même qui sont les plus difficiles à contenter en toute autre chose n'ont point coutume d'en desirer plus qu'ils en ont. »

(¹) Je signale encore des réminiscences analogues dans la satire V.

lorsqu'il s'agissait d'œuvres écrites dans la langue d'Homère. De son temps, sans être précisément un helléniste, il était devenu facile de faire des emprunts à l'antiquité grecque. Des livres très souvent réimprimés : les *Emblèmes* d'Alciat avec les commentaires de Mignault, la *Mythologie* de Natalis Comes avec ses citations nombreuses, les *Commentaires* sur Ronsard, etc., formaient pour chacun un répertoire d'érudition poétique toute préparée ; mais surtout le volume des petits poètes grecs publié à Genève par Crispin, et très répandu en France, peut-être à cause de sa traduction latine, était alors dans les mains de tout homme un peu lettré. Regnier put en faire son profit ([1]), comme tant d'autres l'ont fait depuis, jusqu'au bon abbé Coupé, qui traduisit tant de grec sur parole, et il n'est pas impossible qu'il ait consulté ici le poète d'Ascra. Je dois d'ailleurs noter que le vers 35 :

> . . . . . la discorde à la gueule sanglante,
> D'impiété, d'horreur encore frémissante

a tout l'air de dériver du *Bouclier d'Hercule* (148) :

Δεινὴ Ἔρις.... κορύσσουσα κλόνον ἀνδρῶν.

Sat. I, 63 :

> C'est... une témérité
> De parler où le ciel discourt par tes oracles,...
> Où nostre aise et la paix ta vaillance publie.

Je crois qu'il y a ici une mauvaise lecture. Le verbe « *publie* » au singulier, le rapport imparfait des termes qui le précèdent, tout me fait croire que l'auteur avait écrit :

> Où nostre aise *en* la paix ta vaillance publie.

([1]) Voyez d'ailleurs ce qu'il dit lui-même, *Sat.* III, vers 2 à 8.

On trouvera plus loin de nombreux exemples de cor-
ruption du texte provenant des conditions spéciales
de l'écriture du dix-septième siècle. Dans cette écriture,
le *t* final des mots recevait souvent un appendice inférieur
remplaçant la barre transversale. Si peu que l'ondulation
ordinaire de ce petit paraphe fût accentuée et que le *t* fût
bas, la lettre prenait l'aspect d'un *n*, et réciproquement.
Rien n'était plus facile alors que de prendre indifférem-
ment pour *et* ou pour *en* le mot ainsi tracé : *en* . C'est,
à mon sens, ce qui a dû arriver ici.

Cinq vers plus loin, nous rencontrons encore une
faute d'impression manifeste, provenant d'une autre
confusion de lettres :

> Dans le temple de Delphe, où Phœbus on revere,
> Phœbus, roy des chansons, et des Muses le pere.

Apollon ou Phœbus n'est point le père des Muses. Je
sais bien qu'Eumélus cité par Tzetzès (*Commentaires sur
Hésiode, Travaux et Jours*, v. 1, p. 23, édition Gaisford),
réduisait les Muses à trois et en faisait les filles d'Apollon ;
mais c'est là de la mythologie savante, raffinée, qui
n'est nullement la fable littéraire à laquelle Regnier s'en
tenait. Celle-ci, familière à tous les lecteurs, donnait pour
père aux Muses et à Apollon le roi même des dieux.
C'est ainsi que Ronsard pouvait dire (*Ode à l'Hospital*,
épode xviii et strophe xix) :

> ... les Muses
> Haletantes de frayeur,
> Dans le ciel sont retournées :
> Auprès du throne de leur pere
> Tout à l'entour se vont asseoir,
> Chantant, *avec Phœbus leur frere*,
> Du grand Jupiter le pouvoir;

et ailleurs *(2ᵐᵉ partie du Bocage royal, 1ʳᵉ pièce)* :

> A la fin, Apollon et ses sœurs volontiers
> En l'antre Thespian m'apprirent leur mestier;

et Du Perron (*Ombre de l'amiral de Joyeuse*, p. 27, édition in-f°, 1622) :

> Apollon et ses sœurs que tu reverois tant.

Tout le monde sait combien il est facile de confondre dans l'écriture cursive *fr* avec *p*. Cela était facile surtout dans les copies des scribes de la fin du seizième et du commencement du dix-septième siècle qui formaient très souvent la jambe du *p* exactement comme une *f* un peu courte d'en haut. La transcription suivante, composée d'éléments copiés sur des manuscrits de cette époque, fera comprendre comment la confusion a pu se produire :

frere

Mais, avant d'aller plus loin, il est nécessaire de présenter ici quelques remarques générales.

Pour justifier l'emploi critique des corrections, il faut examiner d'abord les conditions spéciales de publication des œuvres qu'il s'agit de restituer. La mort ou l'absence de l'auteur, au moment de l'impression de ses œuvres, est une cause d'incorrection sur laquelle il est inutile d'insister (nous en verrons les conséquences en ce qui concerne André Chénier); mais, même en dehors de ce cas spécial, il y a lieu de tenir compte des habitudes de chaque époque à l'endroit de l'impression des livres.

Au seizième et au dix-septième siècle, les pièces de prose ou de vers, de moyenne étendue, circulaient d'ordinaire isolément, en copies manuscrites, avant l'impression. Les posséder en cet état de primeur était la passion, l'orgueil des lettrés, qui en formaient ensuite des recueils curieux dont un assez grand nombre nous a été conservé (¹). Le plus souvent, ces transcriptions se faisaient par des copistes calligraphes, usant de la belle écriture italienne, dont les caractères italiques d'alors ont conservé les traits principaux (²). Beaucoup d'écrivains, parmi lesquels je pourrais citer Mellin de Saint-Gelais, Du Perron et bien d'autres, n'ont point usé, de leur vivant, d'un autre mode de publicité pour une grande part de leurs œuvres, et précisément la copie des *Stances au Roy* que j'ai citées en commençant ces pages est une transcription de cette nature.

D'autre part, même lorsqu'on voulait se faire imprimer, il était d'usage de fournir au typographe une copie ainsi mise au net par un scribe. L'auteur revoyait la copie, mais rarement il corrigeait les épreuves (³), et s'il n'était

(¹) Je citerai comme exemple le recueil ayant appartenu à Philippe Hurault de Chiverny (*Bibl. nat., Supplém. franç.* 4725), d'où M. E. de Barthélemy a tiré des poésies attribuées à Regnier. L'examen de ces pièces, dans l'édition de M. de Barthélemy (Paris, 1862, in-12) montrera quelle était parfois l'incorrection de ces copies.

(²) Voir, par exemple, les impressions de S. Colines, de Dolet (ses poésies latines), de Robert Estienne, de Vascosan, de Patisson, de Morel, et enfin de Buon (dans le Ronsard de 1609).

(³) Ceci me remet en mémoire que d'estimables éditeurs de Montaigne, MM. Courbet et Royer, tenant compte de mes observations sur la participation de De Brach à l'édition posthume des *Essais*, mais voulant renchérir sur mes assertions, ont avancé que Mⁱˡᵉ de Gournay envoyait à de Brach, de Paris à Bordeaux, les épreuves de l'impression de 1595, pour les corriger. C'est se faire une étrange illusion sur les lenteurs et les difficultés insurmontables qu'aurait rencontrées une semblable transmission, et sur les habitudes typographiques de l'époque. — Après avoir fait cette légère critique, je veux dire le bien que je pense de l'édition de MM. Courbet et Royer. Elle m'a paru fort exacte, et je sais, par une expérience personnelle, ce que l'exactitude rigoureuse représente de patience et de soins.

pas des plus minutieux, mille causes de confusion, graphiques ou orthographiques (¹), exposaient ses œuvres à être mal lues et mal reproduites par l'imprimeur.

Les œuvres de Regnier ont participé de ces conditions diverses. Il suffit de lire ses vers pour constater qu'il devait prendre un soin médiocre de l'impression de ses ouvrages. Les fautes évidentes et nombreuses des éditions de 1608, 1609, 1612 et 1613, fautes corrigées tant bien que mal par les éditions posthumes (²), montrent de la façon la plus évidente que le texte du poète n'a point ce degré de correction générale qui impose le maintien de leçons manifestement approuvées par l'auteur, et la critique verbale a tout droit de s'exercer au profit de Regnier, pourvu que ses procédés n'aient rien de fantaisiste, et que chacune de ses corrections, en rectifiant avantageusement le texte, porte en elle-même l'explication plausible de ce qui a pu causer la méprise de l'imprimeur.

Ces principes exposés ici, pour préciser la méthode suivie dans les restitutions que je proposerai tout à l'heure, je reprends la suite de mes notes de menu détail.

Sat. I, 79 :

De tout bois, comme on dit, Mercure on ne façonne.

(¹) L'orthographe n'était pas nettement fixée aux premières années du dix-septième siècle. Elle se ressentait des tentatives de simplification faites à la fin du siècle précédent par Baïf, Pelletier et d'autres. Les imprimeurs commençaient, il est vrai, à établir quelque régularité dans les livres ; mais dans les manuscrits le désordre régnait encore, et chacun écrivait, sans se préoccuper d'autre chose, le plus souvent, que de reproduire le son des syllabes. De là de nombreuses causes d'erreurs dans les cas d'assonances amphibologiques.

(²) Voir, par exemple, les variantes rapportées à la fin de l'édition de M. Courbet. (Paris, Lemerre, 1869.)

Regnier paraît avoir emprunté ce proverbe à Du Bellay, qui dit, dans le 102ᵉ sonnet des *Regrets :*

On ne fait de tout bois l'image de Mercure.

Quant aux vers qui suivent (85-92), ils semblent être l'habile mise en œuvre d'un souvenir de Virgile, dans l'épisode des *Jeux* (*Æn.* V, 375 et suiv.).

Sat. II, 21-22 :

Ignorez donc l'auteur de ces vers incertains,
Et, comme enfants trouvés, qu'ils soient, *etc.*

Il serait peut-être utile de faire remarquer au lecteur cet emploi du mot « *incertain* » dans le sens de « anonyme ». C'est l'éternel ἄδηλα des pièces de l'Anthologie, *incerti auctoris,* comme disent les traducteurs latins. Du reste ce passage paraît être une réminiscence de vers de Du Bellay (¹).

Dans la même satire (v. 113), je m'arrête à ces vers :

Il n'est à décider rien de si mal aisé
Que sous un sainct habit le vice desguisé.

Le sens se devine, mais l'expression n'est pas juste, et je crois à l'existence d'une faute. Le mot qui s'impose à cette phrase est « *déceler* »; or ce mot, du temps de Regnier, on l'écrivait avec deux *l* (voyez le vers 13 de son *Dialogue de Cloris et Phillis*). Dès lors, il suffisait que la première *l* fût basse et un peu inclinée vers la seconde pour figurer contre celle-ci la panse d'un *d* : *deceller*. Cela est d'autant plus probable que, dans les copies du

---

(¹) Dans sa *Traduction d'une epistre latine sur un moyen de faire profit de l'estude des lettres,* fol. 290, rᵒ, éd. de Harsy, 1575.

temps que j'ai sous les yeux, — les poésies inédites de
P. de Brach, par exemple, écrites vers 1604, — la haste
du *d* est toujours formée par un bouclé, et identique à
une *l*.

Sat. III, 21 :

Car les Dieux, courroucez contre la race humaine,
Ont mis avec les biens la sueur et la peine.

Ceci est une imitation d'Hésiode, puisée en deux passages
différents des *Travaux et Jours* (v. 42 et suiv.; et v. 287).
Mais le vers grec auquel il est plus spécialement fait
allusion ici :

Τῆς δ'ἀρετῆς ἱδρῶτα θεοὶ προπάροιθεν ἔθηκαν,

ce vers avait été traduit par tous les poètes érudits du
seizième siècle. Amadis Jamyn (fᵒ 174, éd. de 1575) avait
dit :

La sueur va devant l'acquest de la vertu;

et Ronsard (p. 1284, éd. de 1623) :

Les Dieux ont la sueur devant la vertu mise.

Cependant la combinaison de deux passages différents
d'Hésiode semblerait indiquer chez Regnier un emprunt
direct au poète d'Ascra ([1]).

Plus loin (v. 51 et suiv.) en ce passage :

Puis, que peut il servir aux mortels icy bas,
Marquis, d'estre savant ou de ne l'estre pas,

_____

([1]) Voyez plus loin, p. 35, la remarque sur les vers 121 et suivants
de la sixième satire.

Si la science pauvre, affreuse et mesprisée
Sert au peuple de fable, aux plus grands de risée (¹);
Si les gens de latin des sots sont denigrez,
Et si l'on n'est docteur sans prendre ses degrez?

Dans ses *Notes et variantes,* M. P. Jannet constate que les éditions de 1608, 1609 et 1613 donnent la leçon : « Et si l'on *n*'est » Cependant dans son texte même il écrit :

Et si l'on est docteur sans prendre ses degrez.

L'édition de M. Courbet, donnée comme une reproduction exacte du texte de 1608, présente la même lecture sans négation. Mis en défiance par la note de M. Jannet, j'éprouve quelque doute sur la vraie leçon des éditions originales. Si elle est telle que la donnent M. Jannet et M. Courbet dans leur texte, il n'y a qu'à reprocher aux éditeurs posthumes d'avoir ajouté une négation qui trouble tout. — Si au contraire les textes originaux portaient : « Et si l'on *n*'est docteur, » je proposerais de lire :

Et si l'on naist docteur sans prendre ses degrés;

ce qui rappellerait le mot connu de tous : *nascuntur poetœ,* et se rapporterait bien aux « mignons, fils de la poulle blanche » dont il est question au vers 61 (²).

Du reste, il faut mentionner que toute la tirade a été inspirée par le *Poete courtisan* de Du Bellay.

(¹) André Chénier s'est souvenu de ce vers (*Élégies*, I, VIII, 60) :

....sa faiblesse exposée
Sert aux jeunes beautés de fable et de risée.

(²) *Naitre* s'est d'ailleurs longtemps écrit *nestre*. Voyez l'historique du mot *naitre* dans le *Dictionnaire* de Littré. Cette orthographe était encore fréquente au seizième siècle.

Cette satire se termine par une fable dont Regnier (v. 216) attribue le fonds à un grec (¹). Ménage a soutenu que l'apologue en question est d'origine purement italienne. Quelle que soit la source où notre satirique a puisé, il est certain que sa fable est fort bien contée, et j'ajouterai que certains détails de forme sont bien d'accord avec l'origine qu'il voulait attribuer à son récit. Ce petit discours, par exemple (v. 233-234) :

> D'où es-tu? qui es-tu? quelle est ta nourriture,
> Ta race, ta maison, ton maistre, ta nature?

prêterait à de très nombreux rapprochements tirés des auteurs grecs. — Qu'il me suffise de rappeler que, dans la *Batrachomyomachie* (v. 13-14), la grenouille Physignathe dit au rat Psicharpax :

> Ξεῖνε, τίς εἶ; πόθεν ἦλθες ἐπ'ἠόνα; τίς δέ σ'ὁ φύσας;

J'ai dit plus haut que Regnier était un disciple direct et un imitateur de Ronsard et de Du Bellay. On trouvera dans la IVᵉ satire l'occasion d'observer comment il imitait ceux qui, pour lui, comme pour Montaigne, étaient encore des maîtres comparables aux anciens. Je n'insiste pas particulièrement sur les réminiscences de Du Bellay : elles sont éparses et se trahissent seulement par le ton général, ou, çà et là, par des rimes caractéristiques; mais Ronsard fournit une partie du fonds même de cette satire, l'original de cette admonestation que Regnier met dans la bouche de son propre père. Que la fiction soit absolue, ou que l'identité de situation ait paru justifier un récit pareil, toujours est-il que Ronsard,

---

(¹) Comparez la fable 259, dans la collection Esopique de Coray, pp. 170, 171, 390, 391. Voir La Fontaine, *Fables*, V, 8.

le premier, avait dit en s'adressant à Pierre Lescot
(*Poemes,* liv. II, p. 1249, éd. de 1623) :

Je fus souventesfois *retansé de mon pere,*
Voyant que j'aymois trop les deux filles d'Homere....
Et me disoit ainsi : « Pauvre sot, tu t'amuses
» A courtiser en vain Apollon et les Muses....
» *Laisse* ce froid *mestier* qui jamais en avant
» N'a poussé l'artizant, tant y fust il savant....
» *Laisse moy,* pauvre sot, cette science folle :
» Hante moy le palais, caresse moy *Bartole,*
» Et, d'une voix dorée, au milieu *d'un parquet,*
» Aux despens d'un pauvre homme exerce *ton caquet;..*
» Devant un President, mets moy ta langue en *vente;..*
» *Ou bien* embrasse moy l'argenteuse science
» Dont le sage *Hippocras* eut tant d'experience. »
Ainsi en me tençant mon pere me disoit...
Pour menace, ou priere, ou courtoise requeste
Que mon pere me fist, il ne sçut de ma teste
Oster la poesie, et, plus il me tançoit,
Plus à faire des vers la fureur me poussoit.
    Je n'avois pas douze ans, qu'au profond des vallées
Dans les hautes forests des hommes reculées,
Dans les *antres* secrets de frayeur tout couvers (¹),
Sans avoir soin de rien, je composois des vers.

    Je néglige quelques traits isolés (²); mais cette tirade

(¹)   Des antres et des bois, affreux et solitaires,

dit Regnier. Ce mot *affreux* est-il là pour représenter les *antres de frayeur tout couvers?* ou bien faut-il y voir l'équivalent de touffus, sens que le mot *affrus* conserve encore dans le langage gascon?

(²) A propos du vers 122 de la IVe satire et de l'expression l'*Antre Thespéan,* je ferai remarquer que c'est une expression de la langue de Ronsard, que nous avons eu déjà l'occasion de rencontrer ici (p. 25). Seulement, Ronsard dit l'*Antre Thespian;* il serait donc possible que ce fût là la vraie leçon.

où j'ai souligné les mots qui prouvent sans réplique l'emprunt fait à Ronsard, permet de voir à la fois et ce que Regnier doit à ses devanciers et ce qu'il a su y ajouter de vive originalité et d'observation profonde (¹).

Je passe — car je ne veux pas faire ici un commentaire suivi — je passe sur divers endroits qui me semblent appeler l'annotation, et dans la Ve satire je ne m'arrête qu'à deux passages :

Sat. V, 39-40 :

> *De* la douce liqueur rosoyante du ciel,
> L'une *en* fait le venin, et l'autre *en* fait le miel.

Il y a là un emploi de *en* tout à fait pléonastique, au point

---

(¹) C'est pour ce dernier motif que je prie le lecteur de recourir au texte même de Regnier. Toutefois, pour faire constater facilement l'imitation matérielle, je place ici les vers de Regnier qui ont conservé quelque chose de ceux de Ronsard :

Si j'eusse estudié,   IV, 48
Jeune laborieux sur un banc de l'escole,
Galien, *Hipocrate,* ou Jason, ou *Bartole,*
Une cornete au col, debout, dans *un parquet,*
A tort et à travers, je *vendrois mon caquet ;*
Ou bien, tastant le poulx, le ventre et la poictrine,
J'aurois un beau teston pour juger d'une urine...
... Bien que, jeune enfant mon pere *me tansast,*   63
Et de verges souvent mes chansons menassast,
Me disant de despit, et bouffi de colere :
« Badin, quitte ces vers ; et que penses-tu faire?
» La Muse est inutile...
» *Laisse donc ce mestier,* et, sage, prens le soin   83
» De t'acquerir un art qui te serve au besoin. »
        ... Sans en faire cas,   87
Je mesprisois son dire et ne le croyois pas...
Ainsi me tançoit-il d'une parole esmüe,   93
Mais comme, en se tournant, je le perdoy de veüe,
Je perdis la memoire avecques ses discours,
Et, resveur, m'esgaray tout seul par les destours
Des *antres* et des bois affreux et solitaires,
Où la Muse, en dormant, m'enseignoit ses misteres.

de vue de la langue actuelle, mais qui était fort régulier au seizième siècle et au temps de Regnier. Pierre de Brach avait dit (t. I, p. 126 de mon édition):

> L'abeille au jardin bourdonnant,
> Les fleurs du printemps butinant,
> Leur humeur doucement attire;
> Puis, *de* l'humeur de ce suc doux,
> Elle *en* compose le miel roux,
> Confit en ses goffres de cire.

Mais, comme si ce sujet devait entraîner fatalement l'usage de la même formule, Boileau, le régulier et le puriste, disait encore dans ses éditions antérieures à 1674 (*Discours au Roi*, v. 72) :

> La diligente abeille
> Qui *des* fleurs qu'elle pille *en* compose son miel;

ce qu'il n'a pas manqué de corriger plus tard, comme pour nous donner une date sur la limite d'usage de cette façon de parler.

Sat. V, 74 :

> Un Claude effrontément parle des adulteres.

Comme Regnier traduit en cet endroit un passage fameux de Juvénal :

> *Clodius accuset mœchos,*

il avait peut-être écrit *Clode,* leçon que l'imprimeur, comme cela arrive, aura cru de son devoir de rectifier, chargeant ainsi, bien inutilement, l'époux de Messaline des infamies de Clodius (1).

----

(1) Je sais bien que *Clodius* était un membre de la famille *Claudia*, mais l'usage a fait sur ce point des distinctions qu'il importe de ne pas négliger.

Dans la VIe satire, aux vers 121 et suivants, je serais tout d'abord porté à voir une allusion à des passages classiques d'Hésiode (*Travaux et Jours*, 108 et suiv.), car ce vers :

Que la terre de soy le froment rapportoit

rend bien le grec :

Καρπὸν δ'ἔφερε ζείδωρος ἄρουρα
αὐτομάτη πολλόν τε καὶ ἄφθονον,

et celui-ci :

Que le chesne de manne et de miel desgouttoit

traduit *(Travaux et Jours,* 230):

Δρῦς
ἄκρη μέν τε φέρει βαλάνους, μέσση δὲ μελίττας.

Mais si j'ouvre Ronsard au premier livre de ses *Hymnes* **(*Hymne de la Justice*),** j'y trouve aussi :

Les champs qui produisoient de leur gré toutes choses,

et tout une imitation amplifiée d'Hésiode (¹) dans laquelle on rencontre ce vers :

Et ces mots *tien* et *mien* en usage n'estoient (²).

Voilà évidemment d'où est venu le vers de Regnier (115) :

Lors du *mien* et du *tien* nasquirent les procès,

_____

(¹) Ronsard a combiné ensemble plusieurs passages d'Hésiode, un passage de Platon (*Rep.* V, p. 462 C) et le début d'Aratus.

(²) Dans *Les Armes,* au premier livre des *Poemes,* Ronsard dit encore :

Et lors on n'oyoit point ce mot de *tien* ne *mien.*

et il est dès lors difficile de supposer que notre poète ait
puisé à une autre source les divers traits de sa description.
Après cela, je n'oserais plus affirmer que, dans la satire
suivante (VII, 64 et suiv.), des vers qui semblent être un
souvenir direct du portrait de Pandore (Hésiode, *Travaux
et Jours,* 62-63, 67-68, 78) ne soient pas le produit d'un
docte ricochet de même nature. Ne voulant point chicaner
Regnier sur ces petits riens, je laisse là un instant les
réminiscences antiques, et je reprends le fil de mes
observations en un sujet tout moderne, le *Souper ridicule.*

Dans le cours de cette satire (la Xe, vers 319 et suiv.),
se trouve le passage suivant :

Mais retournons à table, où l'esclanche en cervelle
Des dents et du chalan separoit la querelle,
Et, sur la nappe allant de quartier en quartier,
Plus dru qu'une navette au travers d'un mestier,
Glissoit de main en main, où, sans perdre advantage,
Ebrechant le cousteau, tesmoignoit son courage :
Et durant que brebis elle fut parmy nous,
Elle sceut bravement se deffendre des loups;
Et de se conserver elle mist si bon ordre
Que, morte de vieillesse, elle ne sçauroit mordre (¹).

Toute cette fin me paraît troublée et presque inintelli-
gible. Si elle dit quelque chose, dans le texte accepté,
elle dit le contraire de ce que le sens général appellerait.
D'autre part, la période est singulièrement défectueuse,
et la répétion de *elle* en tête de quatre hémistiches,
surtout de celui qui sert de clausule et d'appui final,
constitue une assonance détestable, que Regnier lui-
même, malgré sa rudesse, n'a pas dû laisser échapper.

(¹) Les éditions postérieures à 1642 donnent : « *elle ne sçavoit
mordre* ».

Le sens semble être celui-ci : « L'éclanche (le gigot) courant comme une navette, glissait de convive à convive, sans diminuer dans le plat, son courage témoignant que, lorsqu'elle était brebis vivante, elle sut se défendre des loups et veiller si bien à sa conservation que, maintenant, bien que morte, et morte de vieillesse, on ne pourrait encore la mordre. »

Je crois donc qu'il y a eu mauvaise transcription et je proposerais de restituer ainsi deux vers :

> où, sans perdre avantage,
> Ebrechant le couteau, tesmoignoit son courage
> *Que,* durant que (¹) brebis elle fut parmi nous,
> Elle sceut bravement se deffendre des loups
> Et de se conserver elle mist si bon ordre
> Que, morte de vieillesse, *on ne la sçauroit mordre;*

ou bien, en conservant la ponctuation du texte vulgaire :

> tesmoignoit son courage,
> *Et que, tant* que brebis ....
> .... *on ne la sçauroit mordre.*

Il est évident que, lorsqu'il s'agit d'un changement affectant toute l'économie de la phrase, on ne saurait attribuer la leçon imprimée à une simple confusion de lecture. Il faut admettre, de la part de l'imprimeur, l'introduction d'un changement volontaire et, jusqu'à un certain point, raisonné. En acceptant comme authentique la restitution que je viens de proposer, y aurait-il dans ce texte quelque chose d'assez irrégulier et obscur pour motiver un effort de rectification de la phrase? Je n'hésite pas à croire que le doute sur le sens devait résider dans

---

(¹) Ou : « *Que, du temps que* ».

l'incise : « morte de vieillesse, » laquelle, dans mon texte, forme anacoluthe. Cette anacoluthe, il est vrai, était familière au seizième siècle; elle était si familière à Regnier qu'elle peut être considérée comme l'un des caractères personnels de son style et une marque d'authenticité (¹); mais, aux yeux d'un prote peu accoutumé à se rendre compte des idiotismes du langage, il est positif qu'après ces mots : « morte de vieillesse », l'usage ordinaire appelait une conclusion phraséologique dont « brebis » continuait à être le sujet. Trouvant *on*, là où il attendait *elle*, le typographe n'a plus rien compris, et, modifiant hardiment la phrase, il a rétabli un rapport grammatical, mais en désorganisant de fond en comble l'idée de l'auteur.

J'aborde maintenant un autre passage aussi manifestement corrompu, mais dont la correction, à mon sens, sera beaucoup plus certaine. Il se trouve dans la XIII° satire, dans le discours fameux de Macette (v. 78-82) :

> Vous estes si gentille,
> Si mignonne et si belle, et d'un regard si doux,

(¹) Voici quelques exemples pris à peu près au hasard :
Satyre IV, 94 :

> Mais comme, en se tournant, je le perdoy de veüe,

c'est-à-dire : *lui, se tournant.*
Ibidem, 98 :

> Où la Muse, en dormant, m'enseignoit ses misteres,

c'est-à-dire : *à moi dormant.*
Ode, p. 391, éd. Viollet le Duc, 1822 :

> Notre vie en la mort tu changes,
> Croyant cela que tu nous dis,

c'est-à-dire : *nous croyant, si nous croyons.* — Cela suffit, je pense, pour justifier mon assertion sur la fréquence de cette licence grammaticale chez Regnier. — Cf. Ronsard cité ci-dessus, p. 32, v. 2.

Que la beauté plus grande est laide auprès de vous.
Mais tout ne respond pas au traict de ce visage
Plus vermeil qu'une rose et plus beau qu'un rivage.

Dans les textes imprimés, il n'y a pas de variante sur
ce dernier vers, et tous les éditeurs l'ont reproduit sans
en être offusqués. M. de Barthélemy seul dit en note
(p. 171). « Je ne puis m'empêcher de faire remarquer ce
non-sens que pas un commentateur n'a signalé : un
visage plus beau qu'un rivage! » Il ne suffit pas de le
faire remarquer, il faudrait tâcher d'y porter remède. Je
crois y réussir en proposant de lire :

Plus vermeil qu'une rose et plus beau qu'une image.

Au point de vue du sens, cette correction paraîtra juste,
je l'espère. Dans l'antiquité, rien n'était plus fréquent
que ces comparaisons d'une personne belle avec une
statue ou une peinture. Eschyle dit, dans *Agamemnon*
(v. 235, éd. de Boissonade) :

Πρέπουσά ჳ'ὡς ἐν γραφαῖς (¹).

Plaute (*Epidicus,* V, ɪ, 17) :

Usque ab unguiculo ad capillum summum 'st festivissuma.
Est ne? Considera, vide : signum pictum polchre videris.

(¹) Rien ne serait plus aisé que d'accumuler ici des citations
analogues. Je me contente de renvoyer aux ouvrages où on les
trouvera rassemblées. Ce sont d'abord le livre de Junius, *de Pictura
veterum*, lib. I, c. 1; puis : Burmann sur Pétrone, ch. 126; les commentateurs de Xénophon d'Ephèse (p. 138 de l'éd. de Locella; p. 82
et 101 de celle de Peerlkamp); Boissonade sur Philostrate, *Heroica*,
p. 377 et 582; sur Constantin Manassès, VI, 35; sur Eunape, p. 380;
enfin l'article ἄγαλμα du *Thesaurus* d'Henri Estienne, col. 168, C, D,
éd. Didot.

Ovide (*Metam.*, XII, 397) :

Gratus in ore vigor : cervix, humerique, manusque,
Pectoraque artificum laudatis proxima signis.

Pétrone (*Satyricon*, 126)... « *Mulierem omnibus simula-*
cris emendatiorem. »

Chez nous, De Brach, s'adressant à sa belle, disait
dans le même sens (t. I, p. 127 de mon édition) :

> Ainsin, il n'est rien de si beau
> Qu'en toy voir, comme en un tableau,
> Tout le beau des beautés divines.

Mais, ce qui est plus décisif encore, c'est l'emploi par
Mellin de Saint-Gelais de la même formule, avec les
rimes mêmes de Regnier (p. 111, éd. de 1719) :

> Ne cherchez rien en autre *image*
> De plus beau qu'en vostre *visage.*

J'ajoute enfin que les Allemands ont le mot *bildschön,*
beau comme une image. — Tout cela, ce me semble,
laisse peu de doutes ; je dois cependant faire encore
quelques remarques pour indiquer comment l'erreur
typographique a pu se produire.

Si l'on veut bien se souvenir que, dans l'écriture cursive
du temps de Regnier, le *v* s'écrivait *u,* on comprendra
comment le plus léger déplacement du point sur l'*i*
pouvait faire confondre le mot *image* avec le mot *riuage :*

Mais, dans le cas spécial qui nous occupe, il y avait
encore un autre élément de confusion possible. Au

seizième siècle et au commencement du dix-septième,
lorsque l'*e* final de *une* était élidé, on le remplaçait par
une apostrophe ou on le supprimait totalement. *Image*,
à cette, époque s'employait au masculin et au féminin (¹).
Regnier (*Sat.* XI, 338) l'emploie au féminin. Il est donc
probable que sa copie, ou celle de son scribe, portait :

Plus vermeil qu'une rose et plus beau qu'un 'image.

Il suffisait dès lors que l'apostrophe de « *un'* » fût placée
un peu bas et près de l'*i* du mot suivant pour donner à
cet *i*, par un autre côté, l'apparence d'une *r :*

un image

Au milieu de tant d'écueils, il était difficile que ce
malheureux *i* ne fît pas naufrage. Il a sombré dès 1612
et n'a pas reparu depuis. Je m'efforce, après trop longtemps, de le remettre à flot... Mais, pour ne pas m'exposer
moi-même aux dangers des longues traversées, il n'est
que temps d'aborder ici, et de permettre à ceux que je
voudrais entraîner encore en des expéditions prochaines
de reposer leur attention lassée et de renouveler leur
provision de bonne volonté.

(¹) Voir le *Dictionnaire* de Nicot, édition de Marquis, 1608.

CHAPITRE II

ANDRÉ CHÉNIER

Je reprendrai plus tard, si cela en vaut la peine, la suite de mes observations sur Mathurin Regnier. Renouvelant ici un rapprochement fait jadis par un illustre et cher critique ([1]), je parlerai maintenant d'André Chénier, un nom qui me rappelle à la fois bien des joies de ma vie littéraire et une grosse mésaventure.

Sainte-Beuve avait, il y a longtemps, tracé d'une édition de ce grand poète un programme fait pour séduire les fureteurs de l'antiquité. Tout jeune encore, j'en fus séduit et mis le livre à faire au nombre de mes projets de publications. Je commençai à le préparer. Malheureusement, Hésiode, de Brach, du Bellay, Montaigne, et... que sais-je? vinrent successivement usurper des tours de faveur et m'empêcher de devenir, comme il

([1]) Sainte-Beuve.

aurait fallu, l'homme d'un seul livre. Pourtant, chemin faisant, et en d'autres sujets, je trouvais mainte fois l'occasion d'accroître mes petites découvertes sur le texte de Chénier, et mon exemplaire s'était rempli de feuillets volants. Il grossissait sans cesse et j'entrevoyais dans un avenir plus prochain la perspective d'une édition riche de citations antiques, lorsque tout-à-coup, et sans que rien me l'eût fait prévoir, un jour de 1862, je vis apparaître le fier volume de M. Becq de Fouquières. L'extérieur laissait peu à désirer, qu'allait être le contenu? Hélas! quand j'ouvris le livre, je compris bien vite que ma besogne était faite, et que mon Chénier, si souvent annoté, n'était plus qu'un monceau de papiers inutiles. — Ma tristesse fut grande, et je commençai, je l'avoue, par vouer M. Becq de Fouquières aux dieux infernaux. Espérant du moins le trouver en défaut, je me mis à éplucher ses citations et à les comparer aux miennes. J'y perdais mon latin; j'y perdais surtout mes infortunées citations qui, une à une, sortaient de mon volume, à mesure que je les rencontrais dans le sien... Il ne resta des miennes, après ce triage, que des débris isolés. Toutefois, en cherchant dans cette édition nouvelle les taches que j'avais, un instant, souhaité y trouver, je m'aperçus bientôt qu'elle était réellement excellente, bien meilleure que celle que j'aurais pu faire, et, peu à peu, de la sorte — car je ne suis de mon naturel ni méchant ni injuste — je me mis à aimer ce livre pour tout ce qu'il contenait, et à oublier la peine qu'il m'avait causée. En juillet 1867, je parlai à Sainte-Beuve de communiquer à M. Becq de Fouquières les épaves de mon naufrage. La maladie du docte critique, puis sa mort mirent obstacle à ce projet. J'avais encore en main mes notes solitaires, tristes reliefs d'un plus grand festin, lorsque parut, en 1872, la seconde édition critique. Elle m'enlevait cette fois la plupart des remarques échappées au premier désastre, et de celles auxquelles j'attachais le plus de prix :

Durum ! sed levius fit patientia
Quidquid corrigere est nefas.

Enfin parut l'édition soignée par M. Gabriel de Chénier. Celle-là ne m'enlevait rien (¹), mais comme elle ne rendait pas justice au précédent éditeur, elle changea chez moi en sympathie l'estime que j'avais déjà pour M. Becq de Fouquières, estime qui, on le voit, ne pouvait rien devoir à l'indulgence. Ce fut donc sans rancune que je procédai une seconde fois à l'anéantissement de mes notes devenues inutiles. J'apporte ici le peu qui me reste (²), et je voudrais que ce modeste contingent pût être accepté

(¹) J'énonce un fait, sans faire une épigramme. Je ne veux, en aucune manière, témoigner pour l'édition de M. Gabriel de Chénier le dédain qu'il affecte de professer lui-même pour celle de M. Becq de Fouquières. Sans doute l'érudition classique que s'est efforcé d'y amonceler le nouvel éditeur semble inexpérimentée et manque souvent de ces qualités d'opportunité, de justesse et d'exactitude sans lesquelles l'érudition n'a pas grande valeur ; mais on ne peut que rendre hommage à des efforts très méritoires en eux-mêmes. D'ailleurs, si beaucoup de choses sont troublées ou disposées avec peu de clarté ; si beaucoup de citations, de citations grecques surtout, sont cruellement traitées — ce qui est fort regrettable lorsqu'il s'agit d'un poète si véritablement helléniste — on trouve, en revanche, dans ce livre, des indices nouveaux du plus grand intérêt, qui en feront un document utile à la mémoire de Chénier. Aussi, tout en appréciant librement le contenu de la publication de M. Gabriel de Chénier, je me garde d'oublier que c'est un titre au respect de tous d'être l'héritier pieux de tant de précieuses reliques, l'héritier d'un nom glorieux à la fois pour celui qui le porte, et pour la nation qui ne cessera jamais de l'honorer.

(²) Je ne rapporterai pas un certain nombre de notules de menu détail qui ne méritent point d'être signalées ici.

comme un hommage par le critique érudit et délicat
auquel nous devons la première édition digne du poète.
Heureux, si, par ces quelques remarques, je pouvais
contribuer à rendre plus prompt l'achèvement par
M. Becq de Fouquières de cette édition définitive où
André Chénier apparaîtra entouré des modèles qu'il sut
si bien comprendre, associer et embellir.

Dans la pièce du *Jeu de Paume,* à ces vers (18-19) :

> L'airain coule et respire, en portiques sacrés
> S'élancent le marbre et la pierre,

on pourrait, ce me semble, citer opportunément le
passage fameux de Virgile qui semble avoir fourni le
figuré de l'expression (*Énéide,* VI, 848) :

> *Excudent alii spirantia mollius æra,*
> *.... vivos ducent de marmore vultus.*

Vers 326 :

> Peuple, la Liberté, d'un bras religieux,
>   Garde l'immuable équilibre
> De tous les droits humains, tous émanés des cieux.

Je crois encore trouver en ces expressions des souvenirs
de l'antiquité. C'est, à peu de chose près, ce qu'a dit
Hésiode (*Travaux et Jours,* 36) :

> Ἰθείῃσι δίκαις, αἵτ᾽ἐκ Διός εἰσιν ἄρισται.

Mais, à considérer l'usage lyrique que Chénier fait
ordinairement du texte de Sophocle, je croirais plutôt à
une habile mise en œuvre des vers 851 et suiv. de

l'*OEdipe roi* (éd. Boissonade; Cf. *Antigone* 448-450). — Du reste, Rousseau avait dit, dans le *Contrat social* (II, 6): « Toute justice vient de Dieu, lui seul en est la » source; mais, si nous savions la recevoir de si haut, » nous n'aurions besoin ni de gouvernement, ni de » lois. »

Vers 370 :

L'œil tout puissant
Pénètre seul les cœurs à l'homme impénétrables.

Hésiode, *Travaux et Jours,* 267 :

Πάντα ἰδὼν Διὸς ὀφθαλμὸς καὶ πάντα νοήσας...

Cf. *Travaux et Jours,* 54 : πάντων πέρι μήδεα εἰδώς. Du reste les souvenirs d'Hésiode fourmillent dans Chénier, mais comme les vers du vieux et rude poète n'ont pas la grâce souple qui convenait à ce français de Byzance, il s'en inspire plutôt qu'il ne les imite, et, renversant son précepte,

Il fait des vers nouveaux sur des pensers antiques.

Puisque j'ai parlé d'Hésiode à propos de ces strophes, je ferai remarquer que la citation faite par M. Becq de Fouquières, au vers 385, est insuffisante, car dans les strophes xx, xxi et xxii il y a d'évidentes réminiscences qui impliquaient ou une transcription plus ample du texte d'Hésiode, ou des rapprochements isolés plus nombreux.

Vers 378-381 :

La vertu vit encore...
Par ces sages esprits, forts contre les excès,
Rocs affermis du sein de l'onde, *etc.*

Du Bellay (*De porter les misères et la calomnie,* fol. 106, v°, éd. de Harsy, 1575) a dit de son côté, avec assez de bonheur :

> Rien, que vertu, ne donte la fortune,
> Comme le roc, quand la mer importune
> En ça et là contre luy se courrouce,
> Rompt les gros flots et de soi les repousse.

Nos deux poètes se souvenaient, je pense, de vers élégants de Paul le Silentiaire (*Analecta* III, 93, *Anthol. Palat.* X, 74); et ils les complétaient par une image fameuse empruntée à Homère (*Iliade* XV, 618 et suiv.).

C'est surtout pour le poème de *l'Aveugle* que j'avais rassemblé des citations nombreuses de l'antiquité. Il en était une, entre autres, à laquelle je tenais instinctivement : c'était, au vers 73, un renvoi à *Œdipe à Colone.* Je m'étais réjoui de ne pas le rencontrer dans la première édition de M. Becq de Fouquières; la deuxième me l'a ravi, et le regret que j'en ai ressenti s'est trouvé bien justifié, lorsque j'ai vu dans l'édition de M. Gabriel de Chénier qu'André avait, sur son manuscrit, mentionné la même indication. Cela prouve que notre rapprochement était juste; et puisque, pour moi, le pot au lait de Perrette est brisé, cela m'encourage à en ramasser quelques morceaux.

L'Aveugle, vers 3 :

> Je périrai sans doute,
> Si tu ne sers de guide à *cet* aveugle errant.

La note de M. Becq de Fouquières est juste; toutefois elle eût été utilement complétée par la citation du vers 78 de *l'Ajax* de Sophocle où, comme dans le français, le pronom démonstratif est accompagné d'une qualification :

$$\text{Ἐχθρός γε τῷδε τἀνδρὶ καὶ τανῦν ἔτι.}$$

Τῷδε τἀνδρί est mis ici pour ἐμοί (¹). J'ajoute que le même mouvement de phrase se trouve dans l'*Hymne à Vénus* attribué à Homère (VI, 19) :

$$\text{Δὸς δ'ἐν ἀγῶνι}$$
$$\text{νίκην τῷδε φέρεσθαι.}$$

Montaigne a dit de même (*Essais*, II, 35) en traduisant une lettre de Senèque à Lucilius : « Moy qui sçay que je loge sa vie [de Paulina] en la mienne, je commence de pourveoir à moy, pour pourveoir à elle : le privilege que ma vieillesse m'avoit donné, me rendant plus ferme et plus resolu en plusieurs choses, je le perds, quand il me souvient qu'en *ce vieillard* il y en a une jeune à qui je profite (²). »

L'Aveugle, v. 56 :

Je vous salue, enfants venus de Jupiter.

Je ne pense pas que « *venus de Jupiter* » signifie précisément « issus de Jupiter », comme le dit M. Becq de Fouquières. J'expliquerais plutôt par « envoyés de Jupiter ». Cela répond, en somme, à la phrase plus vulgairement usitée en français : « C'est le ciel qui vous envoie. » Si, comme je le crois, Chénier a eu en vue une formule grecque équivalente, ce n'est point, à mon

---

(¹) Cf. Sophocle, *Ajax*, 446.

(²) *Epist.* CIV. Le texte latin dit de même : *Venit enim mihi in mentem in hoc sene et adolescentem esse, cui parcitur.*

sens, le mot Διογενεῖς, mais le vers même d'Homère (*Odyssée,* VI, 207) :

> Πρὸς γὰρ Διός εἰσιν ἄπαντες
> ξεῖνοί τε πτωχοί τε.

L'Aveugle, 73-75 :

> O sage magnanime,
> Comment, et d'où viens-tu? car l'onde maritime
> Mugit de toutes parts sur nos bords orageux.

Ces vers ne sont autre chose que la traduction d'un passage de l'*Odyssée* (I, 169-173) :

> Ἀλλ' ἄγε μοι τόδε εἰπέ...
> τίς πόθεν εἷς ἀνδρῶν;...
> πῶς δέ σε ναῦται
> ἤγαγον εἰς Ἰθάκην;...
> οὐ μὲν γάρ τί σε πεζὸν ὀίομαι ἐνθάδ' ἱκέσθαι.

Mais Chénier a habilement tourné la naïveté du dernier vers qui eût pu sembler excessive, même dans un poème antique.

L'Aveugle, 165-166 :

> Et les dieux partagés en une immense guerre,
> Et le sang plus qu'humain venant rougir la terre.

M. Becq de Fouquières, et, après lui, M. Gabriel de Chénier (qui est bien forcé de le prendre pour guide, tout en rudoyant son œuvre, par compensation) pensent que ces vers font allusion à la guerre de Troie. Je crois que ce passage désigne plutôt la guerre des Titans (1).

---

(1) Ce sang des Titans répandu sur la terre est célèbre dans la Fable comme ayant donné naissance aux reptiles et à toutes les bêtes venimeuses. Voyez Nicandre, *Thériaques*, v. 10.

4

(Cf. *Théogonie,* 629 et suiv.) Les allusions à la guerre de Troie ne commencent, ce me semble, qu'au vers 167.

Dans ce qui suit (173-182), outre les emprunts à la description du bouclier d'Achille signalés par M. Becq de Fouquières, on pourrait peut-être noter quelques souvenirs du *Bouclier d'Hercule,* d'après la description d'Hésiode. Mais ce qui me surprend au plus haut point c'est qu'ayant pour indice le texte d'Homère, on ait laissé subsister une grosse faute de transcription. Le vieil aède que Chénier met en scène dépeint la vie rustique :

> Les chansons, les festins, les vendanges bruyantes,
> Et la flûte, et la lyre, et les notes dansantes.

Il est bon de signaler les hardiesses de style d'un Chénier ou d'un Montaigne; mais, lorsqu'on se trouve en face d'une énormité, il faudrait, avant de l'admettre et d'en donner l'interprétation, examiner si le texte qui la présente a tous les caractères de l'authenticité. M. Becq de Fouquières, dans son *Lexique,* au mot « *Dansant* » (éd. de 1862), explique : « Propice à la danse : *les notes dansantes,* 17, 182. » Mais vous figurez-vous comment un poète pourrait bien s'y prendre pour décrire ces notes propices? En présence d'un pareil non-sens, le respect même que l'on porte à un grand écrivain oblige à s'arrêter, comme le faisait si souvent Aristarque devant les difficultés du texte d'Homère. Or, s'arrêter ici, c'est trouver la correction, qui est si facile à faire que l'on se demande comment elle n'est pas déjà faite. Je lis sans hésiter :

> Et la flûte, et la lyre, et les *noces dansantes.*

La confusion du *c* et du *t* a, de tout temps, été l'une

des plus fréquentes dans les déchiffrements d'écriture cursive (¹). L'expression est d'ailleurs conforme à la langue de Chénier, qui parlera souvent des *nymphes dansantes;* elle est de plus, et c'est là le point capital, conforme aux textes d'Homère (*Iliade*, XVIII, 491) et d'Hésiode (*Bouclier d'Hercule*, 274), qui précisément sont identiques sur ce point et dépeignent l'un et l'autre des *noces dansantes :*

Γάμοι τ'ἔσαν, εἰλαπίναι τε·
νύμφας δ'ἐκ θαλάμων....
ἠγίνεον ἀνὰ ἄστυ· πολὺς δ'ὑμέναιος ὀρώρει,

dit Homère, et Hésiode ajoute :

.... τοῖσιν δὲ χοροὶ παίζοντες ἕποντο.

André a vu le tableau dans ces vieux maîtres, et il l'a reproduit d'un seul trait, en employant une expression française d'autant plus expressive que sa combinaison encore inusitée frappait le lecteur comme une hardiesse, et ramenait dans l'esprit le souvenir du langage même de l'antiquité.

Du reste, puisque M. Gabriel de Chénier possède la « première minute » de *l'Aveugle,* il serait aisé de vérifier sur elle la leçon contestée. Je suis persuadé que si c'est réellement une rédaction de l'ensemble, ce document

----

(¹) Elle est surtout facile chez Chénier, qui fait des *t* très bas et les barre tout en haut, en sorte qu'ils représentent le *c* de l'écriture allemande. On peut se rendre compte de cette confusion en examinant le fac-similé publié par M. Gabriel de Chénier. Sur la première colonne du verso, ligne 37, par exemple, on lit le vers :

Oubliés comme moi dans cet affreux repaire.

La première et la dernière lettre du mot « *cet* » sont sensiblement analogues.

confirmerait ma conjecture, bien que M. Gabriel de Chénier ait, lui aussi, conservé dans son texte les *notes dansantes*.

Le même passage donnerait lieu à une autre vérification. Aux vers 185-188, on lit :

De là, dans le sein frais d'une roche azurée,
En foule il appelait les filles de Nérée,
Qui bientôt, à des cris, s'élevant sur les eaux,
Aux rivages troyens parcouraient des vaisseaux.

Il me paraît évident que ces quatre vers, probablement ajoutés après coup par le poète, comme intercalation, ont été mal insérés par le premier éditeur. Leur vraie place serait après le vers 172, où ils compléteraient les épisodes extraits de l'*Iliade* relatifs à la guerre de Troie. Ici, au contraire, ils interrompent, mal à propos, la transition que le poète avait ménagée en plaçant entre les scènes rustiques et la description des Enfers la mention d'une tempête et le naufrage de matelots. J'ajoute que ces vers ne me semblent point avoir reçu de l'auteur la dernière forme qu'il devait songer à leur donner. Qu'on lise aux vers 87-88 « *à des cris* », « *des vaisseaux* », comme porte l'édition de M. Becq de Fouquières, ou bien « *à ses cris* », « *les vaisseaux* », comme celle de M. G. de Chénier, la leçon reste toujours peu satisfaisante. Dans les vers d'Homère que ceux-ci traduisent, les *cris* sont ceux de Thétis ; en transporter l'application à l'aède, et en faire l'équivalent de *chants*, cela est un peu forcé ; et pour ce qui est *des vaisseaux*, ainsi nommés sans plus ample désignation, cela se comprend bien dans l'*Iliade*, mais non ici où rien n'implique absolument qu'il s'agisse des vaisseaux des Grecs.

Je suppose qu'André Chénier a simplement traduit le passage d'Homère, avec dessein de l'utiliser plus tard; puis, qu'il a transcrit son imitation en marge de ce poème pour l'y adapter, et que l'intercalation aura été faite hors de sa place précise, et sans les modifications définitives qu'impliquait cet emploi.

En tout cas, j'estime qu'il faudrait reporter ce passage à l'endroit indiqué plus haut, afin de rapprocher par cette transposition les vers 184 et 189, qui semblent écrits pour être juxtaposés.

J'arrive au *Mendiant*. Les deux éditions de M. Becq de Fouquières ne laissent plus guère de place à des observations nouvelles; cependant, bien que l'éditeur ait eu sous les yeux les principaux passages d'Homère que Chénier a imités, certains rapprochements caractéristiques ont été omis. Ainsi le vers 94 :

Et tous, l'œil étonné, se taisent pour l'entendre,

appelait en note les vers de l'*Odyssée* (VII, 144-145) :

Οἱ δ'ἄνεῳ ἐγένοντο δόμον κάτα, φῶτα ἰδόντες,
Ͽαύμαζον δ'ὁρόωντες,

comme le vers 143 du poème français semblait impliquer la citation des vers 174 et 175 du poème grec.

. Des souvenirs d'Hésiode apparaissent encore ici, mais habilement transfigurés; par exemple aux vers 97-100 :

Ta pourpre, tes trésors, ton front noble et tranquille
Semblent d'un roi puissant, l'idole de sa ville.
..... Un peuple convié
T'honore comme un dieu de l'Olympe envoyé.

Hésiode avait dit, en parlant d'un bon roi (*Théogonie*, 84 et suiv.) :

Οἱ δέ νυ λαοὶ
πάντες ἐς αὐτὸν ὁρῶσι διακρίνοντα θέμιστας
ἰθείῃσι δίκῃσιν....
ἐρχόμενον δ᾽ ἀνὰ ἄστυ θεὸν ὣς ἱλάσκονται
αἰδοῖ μειλιχίῃ.

Et l'expression « *de l'Olympe envoyé* » traduit l'expression d'Hésiode, dans le même passage (v. 97) :

Ἐκ δὲ Διὸς βασιλῆες (¹).

Plus loin (v. 198-201), ces vers :

Et devant mes pas l'herbe ou la moisson tombée
Viendra remplir ta grange, en la belle saison,
Afin que nul mortel ne dise en ta maison,
Me regardant d'un œil insultant et colère :
« O vorace étranger, qu'on nourrit à rien faire! »

Ces vers ont été évidemment inspirés par des fragments des *Travaux et Jours* ingénieusement groupés (v. 307, 303-305) :

Ὣς κέ τοι ὡραίου βιότου πλήθωσι καλιαί...
Τῷ δὲ θεοὶ νεμεσῶσι καὶ ἀνέρες, ὅς κεν ἀεργὸς
ζώῃ, κηφήνεσσι κοθούροις εἴκελος ὀργήν,
οἵτε μελισσάων κάματον τρύχουσιν ἀεργοὶ
ἔσθοντες (²).

(¹) Voyez plus haut, p. 48.
(²) Voir, dans les notes de Ruhnken sur le lexique de Timée, p. 158, l'indication des auteurs de l'antiquité qui ont fait usage de ce passage d'Hésiode.

Et les vers 250-251 :

>Qu'il laisse, avec ses biens, ses vertus pour appui,
>A des fils, s'il se peut, encor meilleurs que lui,

sont aussi tirés de cette sentence, prise au même endroit
du même poème *(Travaux et Jours,* 285) :

>Ἀνδρὸς δ'εὐόρκου γενεὴ μετόπισθεν ἀμείνων.

On va voir mieux encore comment, de fragments isolés,
notre grand poète forme un tout homogène et approprié.
Je reviens au discours du *Mendiant* (v. 107-112).

>Regarde un étranger qui meurt dans la poussière...
>Je fus riche autrefois...
>Et pourtant, aujourd'hui la faim est mon partage,
>La faim qui flétrit l'âme autant que le visage,
>Par qui l'homme souvent, importun, odieux,
>Est contraint de rougir et de baisser les yeux.

D'abord, il semble qu'il y ait là une réminiscence de
ces vers qu'Euripide met dans la bouche d'Adraste
(Suppliantes, 166) :

>Ἐν μὲν αἰσχύναις ἔχω
>πίτνων πρὸς οὖδας γόνυ σὸν ἀμπίσχειν χερί,
>πολιὸς ἀνήρ, τύραννος εὐδαίμων πάρος.

Non seulement la scène et le mouvement de la phrase
ont une grande analogie, mais le πολιὸς ἀνήρ, non utilisé
ici, a servi ailleurs et se retrouve en une expression
caractéristique de *l'Aveugle* (v. 12) :

>Quel est ce *vieillard blanc ?*

Tout ce passage est un entrelacement continuel de

réminiscences antiques. Aucun détail n'est perdu pour Chénier. Ainsi ce beau vers :

La faim qui flétrit l'âme autant que le visage,

vient de celui de Théognis (v. 649) :

> ᾿Α δειλὴ πενίη,
> σῶμα καταισχύνεις καὶ νόον ἡμέτερον.

Si, au lieu de rechercher le vers de Théognis dans les éditions de cet élégiaque, on s'avise de recourir au *Florilegium* de Stobée qui le cite, au milieu de beaucoup d'autres analogues, on apercevra, autour de ce premier emprunt, des détails qui rendent plus évidente encore l'habile industrie du poète français. Dans ce même titre de Stobée (xcvɪ) on lit cet extrait de Ménandre :

> Εὐκαταφρόνητόν ἐστι... πένης,
> καὶ συκοφάντης εὐθὺς ὁ τὸ τριβώνιον
> ἔχων καλεῖται, κἂν ἀδικούμενος τύχῃ.

Ne pense-t-on pas que quelque chose de ce grec ait passé dans la phrase de Chénier :

> la faim....
> Par qui l'homme souvent, importun, odieux,
> Est contraint de rougir?

Ces derniers mots mêmes : ἀδικούμενος τύχῃ, ont inspiré en partie les vers qui suivent chez André (v. 113-114) :

> le *hasard téméraire*
> Des bons et des méchants fait le destin prospère;

mais ils n'ont pas fourni toute la pensée, qui a profité

dc cet autre vers de Théognis, cité au même titre :

Ζεὺς γάρ τοι τὸ τάλαντον ἐπιῤῥέπει ἄλλοτε ἄλλως.

Remarquez seulement la délicatesse fine de l'homme de
goût. André qui avait lu ailleurs et traduit cette sentence
de Ménandre :

Le bonheur des méchants est un crime des dieux (¹),

n'a pas voulu mettre sur le compte des dieux ces oscil-
lations de la balance de fortune, et il a saisi au passage
cette vague notion du sort aveugle, pour ne pas imiter
les païens jusque dans les excès de leurs croyances.

Ce n'est pas tout encore. Dans ce même titre, Stobée
cite cet autre fragment de Ménandre :

Πρὸς ἅπαντα δειλὸν ὁ πένης ἐστὶ γάρ,
καὶ πάντας αὐτοῦ καταφρονεῖν ὑπολαμβάνει.

Chénier trouve encore là quelque chose à recueillir, et il
dira tout à l'heure, en condensant ce texte (v. 206) :

L'indigent se méfie...

En face d'un hôte bienveillant et généreux comme Lycus,
son mendiant ne peut insister davantage; mais les vers
de Ménandre ont trop de justesse pour qu'on n'en tire
que si peu de chose : il les réserve donc, et les traduit
intégralement dans l'Aveugle (v. 31) :

Mais, toujours soupçonneux, l'indigent étranger
Croit qu'on rit de ses maux et qu'on veut l'outrager.

De cette course à travers un chapitre de Stobée, course

(¹) P. 437, éd. Becq de Fouquières, in-12.

que l'on pourrait renouveler à propos d'autres pages de notre auteur (¹), il faut, à mon sens, tirer deux conclusions. La première est que ce livre grec, plein de richesses poétiques, était, avec les *Analecta,* sur les rayons préférés de Chénier. La seconde est que celui-ci, bien plus justement que Boileau, aurait pu se vanter de *rester en imitant toujours original.* Comme Virgile, il sut avec un goût exquis choisir dans l'héritage poétique du passé les joyaux les plus brillants; et, comme Virgile encore, loin d'être écrasé par ces riches dépouilles, il réussit à rehausser leur éclat, en leur communiquant une nouveauté de grâce.

(¹) Sans faire ici cette expérience qui m'entraînerait fort loin, je signalerai les rapprochements suivants :

A. CHÉNIER, *Élég.* I, xxii, p. 209, éd. de Becq de Fouquières, 1872 :

> Ses vers....
> Ne voyant que des maux sur la terre où nous sommes,
> Jugent qu'un prompt trépas est le seul bien des hommes.

Cf. dans le titre cxx de Stobée les vers de divers poètes, et spécialement ceux de Théognis :

> Ἀρχὴν μὲν μὴ φῦναι ἐπιχθονίοισιν ἄριστον,
> φύντα δ'ὅπως ὤκιστα πύλας Ἀΐδαο περῆσαι.

A. CHÉNIER, *Élég.* I, xxi, p. 204, éd. de Becq de Fouquières :

> Si le sort ennemi m'assiége et me désole,
> On pleure, mais bientôt la tristesse s'envole;
> Et les arts, dans un cœur de leur amour rempli,
> Versent de tous les maux l'indifférent oubli.

Cf. dans le titre lx de Stobée ces vers du comique Amphis :

> Οὐκ ἔστιν οὐδὲν ἀτυχίας ἀνθρωπίνης
> παραμύθιον γλυκύτερον ἐν βίῳ τέχνης·
> ἐπὶ τοῦ μαθήματος γὰρ ἑστηκὼς ὁ νοῦς
> αὐτοῦ λέληθε παραπλέων τὰς συμφοράς.

Dans cette même élégie de Chénier, je signale, aux vers 19, 20, 28, un souvenir d'une épigramme de l'*Anthologie grecque* (*Palat.* IX, 172; *Analecta,* t. II, p. 429, cviii).

Il est peu d'ouvrages d'André Chénier qui, d'autre part, puissent aussi manifestement que *le Jeune malade* montrer la force de son génie créateur et le merveilleux usage qu'il savait faire de données n'ayant en elles-mêmes rien de bien ingénieux ou élégant. M. Becq de Fouquières a noté avec justesse dans cette pièce certains élans de passion qui montrent que çà et là André s'est souvenu de la *Phèdre* de Racine; mais un fait curieux et qui n'a point encore été signalé, c'est que le canevas du poème et les détails les plus caractéristiques sont tirés d'une production fort médiocre et nullement passionnée, le roman versifié de Théodore Prodrome, intitulé : *Les Aventures de Rhodanthe et de Dosiclès.*

On n'est nullement surpris de voir dans l'édition de M. G. de Chénier des extraits du roman de Longus (¹); il y avait là, comme dans Héliodore, des peintures heureuses et des détails de mœurs antiques précieux pour le poète érudit. Mais l'œuvre de Théodore Prodrome, qui n'a rien des douceurs de l'Hymette, ne semblait guère susceptible de fournir quelque chose à notre abeille française. A vrai dire, je soupçonne que Chénier, qui était un friand à la façon de Boissonade et aussi un bibliophile, possédait ce roman grec à cause de la qualité qu'il avait alors de livre rare et curieux, à cause surtout des notes qu'y avait jointes le savant Gaulmin, notes qui, à la différence de celles de Bourdelot sur Héliodore, n'étalaient pas une érudition de lieux communs. Je ne serais pas surpris que, pour les mêmes raisons, André Chénier eût possédé aussi l'Eustathe de Gaulmin, dont plus d'une annotation pourrait servir aujourd'hui à commenter l'écrivain français.

(¹) T. I, p. 146. — André Chénier fait usage de l'édition de Villoison.

Quoi qu'il en soit, hasard de rencontre ou lecture suivie conduisirent évidemment notre poète à connaître le deuxième livre du vieux romancier byzantin. Dans ce livre, le héros Dosiclès raconte son histoire et celle de son amante à un compagnon de captivité. Car on pense bien qu'il y a des pirates dans un roman grec. J'extrais du long récit ce qui paraît avoir frappé André Chénier, et le donne d'abord en français, pour qu'on puisse plus aisément comparer les deux scènes.

« Abydos est ma patrie, dit Dosiclès, mon père se
» nomme Lysippe, et mon amante est fille de Straton....
» Un hasard me la fit rencontrer : c'était sur le déclin
» du jour; je vis Rhodanthe qui se rendait au bain, ayant
» avec elle la troupe de ses compagnes... Je fus comme
» frappé d'un trait dans le cœur... et en rentrant à la
» maison paternelle, j'y portai ma blessure... Sans
» prendre de nourriture, sans boire, je me jetai sur mon
» lit pour chercher un prompt sommeil, mais le sommeil
» ne s'arrêtait pas sur mes yeux... Des pensées contraires
» m'agitaient. Rhodanthe est belle, me disais-je, oh! oui,
» belle et pure! le mouvement de sa démarche est noble et
» sa taille est svelte, élancée comme la vigne grimpante,
» comme le jeune cyprès... Puisse une étincelle du feu
» qui est en moi enflammer le cœur de Rhodanthe!...
» Mais elle ne m'a pas fait l'aumône du moindre regard,
» elle m'en a jugé indigne, sans doute. Certes, elle est
» de noble famille, mais de mon côté j'ai une origine
» qui n'est pas sans éclat... Rhodanthe est belle, mais
» mon visage n'est point désagréable... Tandis que j'étais
» agité par ces pensées, je m'endormis,... en songe il
» me sembla voir Rhodanthe et lui parler; je lui disais
» ma passion et je vis la jeune fille sourire à mes aveux,
» et ce sourire fut pour moi le témoignage précieux du

» sentiment caché en son cœur... Mais mon songe
» s'évanouit bientôt et je ne trouvai plus la moindre
» rosée pour apaiser le feu qui embrasait mon âme. Me
» jettant alors dans le sein de ma mère : « O ma mère!
» lui dis-je, ma mère bien-aimée, sauve ton fils, ton
» cher Dosiclès, sauve Dosiclès, ou, si tu ne veux pas
» le sauver, mort bientôt, il te faudra l'ensevelir de tes
» propres mains, car, j'en jure par mon amour, par la
» vue de Rhodanthe qui m'est si chère, si je suis privé
» du secours maternel, cette épée traversera ma poi-
» trine. » — Pleurant alors, comme pleure une mère...:
« Mon fils, mon Dosiclès, dit-elle avec une douce espé-
» rance, prends courage, tu parviendras au but de tes
» désirs. J'ai deviné ta peine : tu aimes Rhodanthe... » —
« O cher oracle d'une mère, m'écriai-je, oui! je l'aime!
» c'est elle que je te supplie de demander en mariage,
» et si je ne l'obtiens pas, je descendrai chez Pluton
» avant d'avoir eu une épouse. » — « Non! reprit-elle,
» non, mon fils, il n'en sera pas ainsi : je vais faire con-
» naître ton amour à Straton, à Phryné; ils accorderont
» Rhodanthe à Dosiclès. Lysippe et son père sont d'aussi
» bonne famille que Straton, et l'on ne me jugera point
» d'un rang inférieur à celui de Phryné. » — Elle dit,
» et elle envoie Charissa, sa fidèle servante (¹), etc. »

On comprend que la suite ne peut être aussi simplifiée
que chez Chénier, car le roman finirait avec le deuxième
livre, ce qui ferait peut-être l'affaire du lecteur, mais non
pas celle du romancier. Il faut aller jusqu'au neuvième

_____

(¹) Le bon Gaulmin relève ce qu'a de choquant à nos yeux l'envoi
d'une servante pour demander la main de la jeune fille. Serait-ce un
trait de mœurs orientales du onzième siècle? Chénier n'a pas poussé
jusque-là l'imitation, et il s'est tiré de ces détails avec une exquise
délicatesse.

livre pour trouver la même conclusion. Là, le père de Rhodanthe dit aux jeunes amants : « Soyez heureux! » et il ajoute : « Dosiclès, au lieu d'un père, tu en as deux, et toi, Rhodanthe, tu as deux mères! »

Je relèverai maintenant les vers de Chénier qui semblent dériver directement du roman grec, et l'on trouvera en note le texte même de Théodore Prodrome (¹).

« Eh bien! mon fils...
Tu veux que ce soit moi qui ferme ta paupière (²)? »
— « Ma mère, adieu; je meurs et tu n'as plus de fils;
Non, tu n'as plus de fils, ma mère bien-aimée (³).
Je te perds. Une plaie ardente, envenimée
Me ronge (⁴). »
— « Ton corps débile a vu trois retours du soleil
Sans connaître Cérès, ni tes yeux le sommeil (⁵). »
— « O coteaux d'Érymante! ô vallons! ô bocage!...

(¹) J'ai sous les yeux l'édition de Gaulmin (Paris, 1625), la seule que Chénier ait pu consulter; mais mes renvois se rapporteront au texte plus correct publié par M. Hercher sur la recension de Le Bas (*Erotici Scriptores Græci*, t. II, Lipsiæ, 1859).

(²)   Εἰ δὲ μὴ σώσειν θέλεις,   II, 354
Θανουμένον κήδευε χερσὶ γνησίαις.

(³)   Κόλπῳ πρὸς αὐτῷ μητρικῷ πεσὼν μέσῳ·   II, 351
« ὦ μῆτερ, εἶπον, μῆτερ ἠγαπημένη... »

(⁴)   Καὶ τοῦ πυρὸς πιμπρῶντος αὐτὴν καρδίαν   II, 349
οὐκ εἶχον εὑρεῖν μηδαμῆ τινὰ δρόσον.

(⁵)   Λιπὼν τὸ δεῖπνον, τὸν κρατῆρα, τὸν πότον,   II, 197
στρωμνὴν μετῆλθον ὡς ἀφυπνώσων τάχα·
ἀλλ' ὕπνος οὐκ ἦν ταῖς κόραις ἐνιζάνων.

et plus loin :

Ὕπνου στερίσκῃ, τὴν τροφὴν οὐ προσδέχῃ,   II, 290

ce que Gaulmin traduit ainsi (p. 76) :

Non Cereris placuere dapes, non pocula Bacchi,
Tu quoque, Somne pater, etc.

De légères beautés troupe agile et dansante... ([1]).

Dieux! ces bras et ces flancs, ces cheveux, ces pieds nus,

Si blancs, si délicats...

Que je la voie encor, cette nymphe dansante...

Assise à tes côtés, ses discours, sa tendresse,

Sa voix, trop heureux père, enchante ta vieillesse ([2]).

Je la vois, à pas lents, en longs cheveux épars,

S'arrêter...

Viendras-tu point aussi, la plus belle des belles ([3])? »

— « Ah! mon fils, c'est l'amour!...

Mais, mon fils, mais dis-moi quelle nymphe dansante,

Quelle vierge as-tu vue aux bords de l'Érymante?

N'es-tu pas riche et beau ([4])?

Parle. Est-ce cette Églé?...

Ou ne sera-ce point cette fière beauté,...

Cette belle Daphné?... » — « Dieux! ma mère, tais-toi,

Tais-toi. Dieux! qu'as-tu dit ([5])? elle est fière, inflexible;

Comme les immortels elle est belle et terrible!

Mille amants l'ont aimée; ils l'ont aimée en vain.

Comme eux, j'aurais trouvé quelque refus hautain... ([6]).

Mais, ô mort! ô tourment! ô mère bien-aimée! ..

([1]) Ἤδη κλινούσης εἰς τέλος τῆς ἡμέρας,   II, 185
εἶδον Ῥοδάνθην πρὸς τὸ λουτρὸν ἠγμένην
ὑπὸ προπομποῖς, ὑπ᾽ ὀπαδοῖς μυρίοις.

([2]) Πάλαι περὶ Στράτωνος ἠκουτισμένος   II, 193
ὡς εὐτυχήσοι παγκάλην θυγατέρα.

([3]) Καλὴ Ῥοδάνθη, ναὶ καλὴ καὶ παρθένος·   II, 208
σεμνὸν τὸ συγκίνημα τῶν βαδισμάτων,
ὀρθὸν τὸ μῆκος, εὐσταλές, προηγμένον,
ὡς ἀναδενδράς, ὡς κυπάριττος νέα.

([4]) Cf. Théodore Prodrome, *Rhod. et Dos.*, II, 233-234, 251, 377-380.

([5]) « Τέκνον Δοσίκλεις, εἶπεν, εὐφήμως λέγων,   II, 363
θάρρει· πέρας γὰρ τοῦ κατὰ γνώμην λάβοις.
Ἐγὼ δὲ τυχὸν καὶ προέγνων τὸν λόγον·
ἐρᾷς Ῥοδάνθης, ἧς τὸ κάλλος ὀμνύεις.... »
— « Ὤμοι προφήτης, ἦν δ᾽ ἐγώ, μητρὸς λόγος. »

([6]) Cf. Théodore Prodrome, *Rhod. et Dos.*, II, 230-232.

Ma mère bien-aimée, ah! viens à mon secours :
Je meurs; va la trouver...
Tombe aux pieds du vieillard, gémis, implore, presse...
Pars; et si tu reviens sans les avoir fléchis,
Adieu, ma mère, adieu, tu n'auras plus de fils.
— « J'aurai toujours un fils; va, la belle espérance
Me dit... (¹). » Elle s'incline, et (²), dans un doux silence,
Elle couvre ce front, terni par les douleurs,
De baisers maternels entremêlés de pleurs (³).
Puis elle sort en hâte...

        ... et bientôt, revenant sur ses pas,
Haletante, de loin : « Mon cher fils, tu vivras... »
Le vieillard la suivait, le sourire à la bouche (⁴).
La jeune fille aussi, rouge et le front baissé (⁵),
Vient, jette sur le lit un coup d'œil...
— « Ami, dit-elle,...
Vis, et formons ensemble une seule famille (⁶).
Que mon père ait un fils, et ta mère une fille (⁷). »

(¹)   « Ὦ μῆτερ, εἶπον, μῆτερ ἠγαπημένη,   II, 352
        σῶσον τὸν υἱὸν τὸν φίλον Δοσικλέα,
        σῶσον Δοσικλῆν· εἰ δὲ μὴ σώσειν θέλεις,
        θανουμένον κήδευε χερσὶ γνησίαις....

        Ταύτης ἐρῶ, Φίλιννα, ταύτην εἰς γάμον   II, 370
        ζητῶ σε λαβεῖν· εἰ γὰρ οὐ ταύτην λάβω,
        ἄνυμφος εἰς Ἄϊδος εἰσέλθω δόμους. »
        — « Οὐκ, ἀλλὰ ταῦτα καὶ Στράτωνι καὶ Φρύνῃ,
        τέκνον Δοσίκλεις, εἶπεν, ἀγγελεῖν ἔχω.
        Δώσει δὲ πάντως ὁ Στράτων νόμοις γάμου
        νύμφην Ῥοδάνθην τῷ Δοσικλεῖ νυμφίῳ. »

(²)   Ἔλεξε καὶ....

(³)   Πρὸς ταῦτα δακρύσασα μητρῴα σχέσει.   II, 360

(⁴) Cf. Théodore Prodrome, *Rhod. et Dos.*, IX, 303 et suiv.

(⁵)   Ἔγνων ἐπ᾽ αὐτοῖς καὶ γελῶσαν τὴν κόρην,   II, 339
        καί μοι τὸ μειδίαμα σύμβολον μέγα
        ἔδοξε τοῦ μένοντος ἐν στέρνοις πόθου.

(⁶) Cf. Théodore Prodrome, *Rhod. et Dos.*, IX, 318-319.

(⁷)   « Ἔχεις, Δοσίκλεις, ἀνθ᾽ ἑνὸς φύντας δύο·   IX, 313
        ἔχεις, Ῥοδάνθη, μητέρων συζυγίαν. »

Outre ces rapprochements divers (¹), il est une remarque à faire, assez curieuse, et qui peut servir encore à
montrer jusqu'à quel point Chénier a prouvé par son
exemple la vérité de cet axiome de Pline qu'il n'y a pas
de mauvais livre d'où l'on ne puisse tirer quelque chose
de bon.

Un des procédés phraséologiques les plus chers à
Théodore Prodrome, en son roman, consiste dans la
répétition rapprochée des mêmes mots. Qu'il s'agisse
d'exclamations précipitées ou de tranquilles récits, quand
le nombre des syllabes y prête, il ne résiste guère à
ces petits effets de parallélisme byzantin. Quelquefois,
d'ailleurs, il tombe juste, mais l'inégalité est trop grande
pour que l'on puisse voir en cela un mérite, et il faut se
contenter de signaler une originalité affectée de style.

Dans les cent cinquante vers environ qui ont servi de
canevas à Chénier, on trouve une quinzaine de ces
répétitions. Il en est cinq ou six de très opportunes. J'en
passe, qui ne sont pas des meilleures :

(II, 206) καλὴ... ναὶ καλή. — (211) ἐρῶ 'Ροδάνθης... ποθῶ
'Ροδάνθην. — (213) θυγατέρα... θυγατέρα... ἀνδρὸς ὀλβίου, ἀνδρὸς
μεγίστου. — (221) εἴθε... εἴθε. — (223) λόγον... λόγον. — (261)
πολλαῖς... πολλάκις... πολλοὺς... πολλῶν... πολλὰ... πολλῶν...
πολλῶν... πολλὰ πολλάκις. — (269) οἶδα... οἶδα. — (270)
λόχους... λόχους, etc. — (273) στρατοὺς... στρατούς. — (296)
πάσχεις... πάσχεις. — (352) ὦ μῆτερ... μῆτερ ἠγαπημένη. —
(353) σῶσον... σῶσον... σώσειν. — (370) ταύτης... ταύτην... ταύτην.

Eh bien! dans *le Jeune Malade* (environ cent quarante
vers), la proportion de ces répétitions est exactement la

(¹) J'ai suivi, dans ces extraits, plusieurs leçons fournies par M. G.
de Chénier. Elles montrent plus manifestement que les leçons vulgaires
l'imitation du poème grec. Voy., par exemple, les vers 67 et 108.

même. Elle est énorme par rapport aux usages vulgaires ; mais ici le langage est si naturel, si justement approprié, que l'on ne s'aperçoit de ce détail qu'en faisant du poème un examen scrutateur. Je trouve en effet :

(1) Dieu... dieu... dieu... dieu... dieu... dieu. — (4) prends pitié... prends pitié. — (8) assoupis... assoupis. — (13) ces mains, ces vieilles mains. — (19) tu veux... tu veux. — (25) parle... parle. — (28) ma mère... ma mère bien-aimée... tu n'as plus de fils... tu n'as plus de fils. — (46) ta mère... ta mère. — (62) tu sais... tu sais. — (80) viendras-tu point... viendras-tu point. — (83) c'est l'amour... c'est l'amour. — (100) Dieux... Dieux... tais-toi... tais-toi. — (114) prends... prends... prends... prends... prends. — (120) adieu... adieu. — (128) tu vivras... tu vivras.

Et voyez jusqu'où va l'ingénieuse industrie de notre poète-érudit. Dans ces beaux vers :

Ma mère, adieu ; je meurs, et tu n'as plus de fils ;
Non, tu n'as plus de fils, ma mère bien-aimée,

il a certainement eu en vue, quant à l'expression, le vers de Théodore Prodrome (352) :

Ὦ μῆτερ..., μῆτερ ἠγαπημένη,

mais cet entrelacement de deux hémistiches redoublés et renversés, ce cri pathétique répété avec une affectueuse amertume est le produit non moins évident de vers de l'écrivain byzantin qui avaient frappé André par leur symétrie originale, bien conforme d'ailleurs au génie de la langue (213) :

Θυγατέρα Στράτωνος, ἀνδρὸς ὀλβίου,
ἀνδρὸς μεγίστου, καὶ θυγατέρα Φρύνης.

C'est tout au plus s'il y avait là une faible étincelle, une étincelle inerte sous la cendre. Mais le génie a su la faire jaillir et la transformer en un feu brûlant. Une telle imitation est aussi puissante que l'invention même, car elle prête libéralement des mérites inattendus aux œuvres qu'elle semble mettre à contribution, et sait découvrir des trésors là où personne ne pourrait se vanter d'en avoir caché.

Disons-le d'ailleurs, si le style de Théodore Prodrome est d'ordinaire entaché de vulgarité, la paraphrase latine parfois métrique de Gaulmin est souvent d'une rare élégance, et montre combien les mêmes choses, dites différemment, changent de caractère.

On a vu plus haut, dans mes extraits de l'épisode du poème grec, comment le héros rentre prosaïquement chez lui et s'abstient « de souper et de boire » : ce sont bien à peu près les mots ([1]); Gaulmin comprend ce qu'il y a là de vulgaire dans le choix des termes, pour des lecteurs français, et il relève l'expression en ces vers :

Non Cereris placuere dapes, non pocula Bacchi;
Tu quoque, Somne pater, placidissime, Somne, Deorum...

Que fera Chénier, arrivant deux siècles plus tard en face du même texte? Il quittera Prodrome pour suivre notre vieux compatriote; mais il perfectionnera à son tour la paraphrase de Gaulmin, et, dans une formule doctement combinée, il trouvera le moyen de répondre aux exigences de notre goût national, tout en donnant à son œuvre, par un trait de plus, cette couleur antique dont son atticisme français savait mesurer l'intensité

[1] Voyez ci-dessus, p. 62, note 5.

opportune en ne la répandant que par reflets épars et discrets :

> Ton corps débile a vu trois retours du soleil
> Sans *connaître Cérès* (¹), ni tes yeux le sommeil.

Avant de quitter ce poème, je ferai encore quelques courtes observations.

L'invocation du début n'est point précisément une imitation de l'hymne orphique à Apollon (²), cependant quelques traits me font croire que Chénier avait cet hymne sous les yeux. Il lui a emprunté au moins ce caractère de litanie que nous avons déjà vu emprunter par Ronsard, dans son apostrophe au soleil (³).

Dans l'exhortation de la mère à son fils malade, un passage semble encore mal établi (v. 53-55). Le texte ancien, suivi par M. Becq de Fouquières, porte :

> Tiens, presse de ta lèvre, hélas! pâle et glacée,
> Par qui cette mamelle était jadis pressée,
> Un suc qui te nourrisse.

M. Gabriel de Chénier fait remarquer combien l'expression *presser un suc de sa lèvre* manque de justesse. Il constate de plus que le manuscrit met un point après le mot « *pressée* », et porte au vers suivant : « *Que ce suc te nourrisse* ». Il constate enfin que les deux premiers vers sont raturés dans le manuscrit.

De cette leçon nouvelle : « *Que ce suc te nourrisse* », il résulte nettement que le troisième vers n'est point en

---

(¹) C'est Oppien (*Halieut.* III, 463) qui emploie Δημήτηρ pour le pain. Mais l'auteur de l'opuscule sur *la vie et les ouvrages d'Homère (Pseudo-Plutarchea)* fait remarquer cette métonymie (23).

(²) *Hymne* 34, éd. d'Hermann.

(³) Voyez ci-dessus, p. 15.

relation grammaticale directe avec ce qui précède, et que le point ou le point-virgule après « *pressée* » est en effet la bonne ponctuation. Mais que reste-t-il alors dans les deux premiers vers ? Il reste :

> Tiens, presse de ta lèvre, hélas ! pâle et glacée,
> Par qui cette mamelle était jadis pressée.

Et M. G. de Chénier accepte ce tronçon de phrase comme étant la bonne leçon ; et il explique que ce « *Tiens, presse de ta lèvre* » signifie : presse de ta lèvre ce vase que je t'offre !

Quelle qu'ait été la hardiesse de Chénier dans le maniement de notre idiome poétique, elle n'a jamais été contraire au génie même de la langue. Or, une pareille ellipse, fût-elle accompagnée d'une mimique théâtrale, serait une excessive négligence. Inadmissible en lui-même, cet emploi absolu du mot *presser* serait rendu plus défectueux par l'addition du vers suivant qui en troublerait encore la signification incertaine.

M. Gabriel de Chénier nous a dit que le passage était raturé. André avait écrit d'abord :

> Presse, mon fils, ce vase en tes lèvres fidèles,

ce qui était régulier. Peut-être le vers modifié, écrit sans doute dans l'interligne, est-il difficile à déchiffrer. Il faudrait examiner ce manuscrit de très près, et voir s'il ne porterait pas, par exemple :

> Tiens ! présente ta lèvre, hélas ! pâle et glacée,
> Par qui cette mamelle était jadis pressée ;
> Que ce suc te nourrisse et vienne à ton secours
> Comme autrefois mon lait nourrit tes premiers jours.

La confusion des lettres entre *pressede* et *présente* serait facile, dans une écriture menue comme celle d'André, et surtout dans un passage encombré de surcharges. Cette leçon, satisfaisante pour le sens, aurait, il est vrai, quelque dureté, au point de vue de l'harmonie, mais l'ancienne n'est pas meilleure à cet égard, et elle a de plus le défaut d'être absolument contraire au bon usage de la langue.

Puisque nous nous débattons avec la grammaire — ce qui n'est pas d'ailleurs une chose à mépriser — que l'on me permette de rectifier aussi le vers 74 :

> Assise à tes côtés, ses discours, sa tendresse,
> Sa voix, trop heureux père, enchante ta vieillesse.

Tous les textes, y compris celui de M. G. de Chénier, mettent *enchante* au singulier ; il me semble que *ses discours* commandent à cet égard une correction qui d'ailleurs ne modifierait point la mesure.

L'érudition de M. Becq de Fouquières est impitoyable pour mes notes, même en dehors des *Poèmes antiques*. Dans l'élégie de *Néère*, il m'a devancé partout. Je me venge en épiloguant sur les détails.

À ces vers :

> O vous, du Sébéthus naïades vagabondes,
> Coupez sur mon tombeau vos chevelures blondes,

le savant éditeur a bien noté un élégant distique de Sannazar, mais il fallait encore donner celui-ci (*Eleg.* III, v. 6-7, p. 140 éd. de Brœkhuisen) :

> *Cingantur de more sacris fastigia templis*
> *Quæ vaga Sebethi Naïs ab amne legit.*

Un peu plus loin (v. 27 et suiv.) M. Becq de Fouquières
n'a pas tout dit sur ces beaux vers :

> Je viendrai, Clinias; je volerai vers toi;
> Mon âme vagabonde, à travers le feuillage,
> Frémira; sur les vents ou sur quelque nuage
> Tu la verras descendre, ou, du sein de la mer
> S'élevant comme un songe, étinceler dans l'air,
> Et ma voix, toujours tendre et doucement plaintive,
> Caresser en fuyant ton oreille attentive.

Une note de l'édition critique a rapproché avec justesse
de l'expression « s'élevant comme un songe » les mots
d'Homère (*Odyssée* XI, 207) :

> Σκιῇ εἴκελον ἢ καὶ ὀνείρῳ,

mais il faut ajouter que, pour la pensée générale, Chénier
s'est souvenu surtout de l'apparition de Thétis à Achille,
au premier chant de l'*Iliade* (359-361), et de ces vers
qu'on ne peut citer sans admiration :

> Καρπαλίμως δ'ἀνέδυ πολιῆς ἁλός, ἠύτ'ὀμίχλη,
> καί ῥα πάροιθ'αὐτοῖο καθέζετο δακρυχέοντος,
> χειρί τέ μιν κατέρεξεν, ἔπος τ'ἔφατ'ἔκ τ'ὀνόμαζε...

Presque toujours, les imitations de Chénier sont ainsi
composées d'éléments complexes [1], fournis par une connaissance intime des chefs-d'œuvre de l'antiquité. Et je
ne saurais mieux clore ces observations qu'en citant des

---

[1] Voyez ce qu'il dit lui-même, dans les notes intéressantes qu'a
publiées M. G. de Chénier, t. III, p. 64 de son édition des *Œuvres
poétiques* d'André Chénier.

vers où les souvenirs d'Horace s'enchaînent à d'autres souvenirs, antiques aussi, mais, de plus, bordelais par leur auteur et par tout ce qu'ils décrivent.

Écoutons d'abord Chénier (*Élégies*, I, IV) :

O Muses, accourez, solitaires divines...
Soit que de doux pensers, en de riants climats,
Vous retiennent aux bords de Loire ou de Garonne...
Venez. J'ai fui la ville aux Muses si contraire,
Et l'écho fatigué des clameurs du vulgaire.
Sur les pavés poudreux d'un bruyant carrefour
Les poétiques fleurs n'ont jamais vu le jour.
Le tumulte et les cris font fuir avec la lyre
L'oisive rêverie au suave délire ;
Et les rapides chars et leurs cercles d'airain
Effarouchent les vers qui se taisent soudain.
Venez...
Quand pourrai-je habiter un champ qui soit à moi !
Et, villageois tranquille, ayant pour tout emploi
Dormir et ne rien faire, inutile poète,
Goûter le doux oubli d'une vie inquiète !...
Oh ! oui, je veux un jour, en des bords retirés,
Avoir un humble toit...
Là, je veux, ignorant le monde et ses travaux,
Loin du superbe ennui que l'éclat environne,....
Errer, un livre en main, de bocage en bocage ;
Savourer sans remords, sans crainte, sans désirs,
Une paix dont nul bien n'égale les plaisirs.

Ces vers, où se jouent quelques traits d'Horace facilement reconnaissables aux *jucunda oblivia vitæ*, sont dans leur ensemble un souvenir d'Ausone (1). Mais comme dans l'épître de notre vieux consul il est question de

(1) *Epistola* X.

beaucoup de détails sur lesquels je veux insister, comme j'aurai aussi à y tenter une restitution de texte, j'en renvoie l'examen à un nouveau chapitre ([1]) où, puisque l'occasion m'en est offerte, je prendrai mes mesures afin qu'un autre survenant, moins sympathique sans doute que M. Becq de Fouquières, ne vienne point me déloger de chez Ausone, comme je le fus de chez André Chénier :

Παθὼν δέ τε νήπιος ἔγνω.

([1]) Avant de clore celui-ci, et, puisque nous sommes avec des Bordelais, signalons encore dans les vers de Chénier la trace de Montaigne. Un beau passage de l'*Invention,* vers 325 et suiv., a été écrit évidemment après une lecture des *Essais* (I, 25, t. I, p. 235, éd. Louandre), et le mot d'Horace qu'on y retrouve avait déjà été enlacé dans la prose expressive et fine de notre moraliste.

CHAPITRE III

AUSONE

C'est l'épître X⁰ d'Ausone, adressée à Axius Paulus,
qui a fourni à Chénier quelques-uns des traits cités plus
haut. Elle me semble avoir été très mal comprise de
tous les commentateurs. Je vais m'efforcer de la traduire
et de l'expliquer :

« AUSONE A PAULUS.

» S'il est permis parfois de se fier à ces trompeurs de
» poètes, si tout ce qu'ils avancent n'est point éternel
» mensonge, Paulus, toi jadis le plus célèbre nourrisson
» des Muses de Castalie, toi leur père aujourd'hui, ou
» leur aïeul, ou même quelque chose de plus vieux que
» leur bisaïeul, comme fut autrefois le roi de Tartessus

» souviens-toi de tenir fidèlement tes promesses. Phœbus
» ordonne que l'on dise vrai, et s'il souffre que les sœurs
» Piérides s'oublient quelquefois, jamais lui-même il ne
» dévie de son sillon. Ainsi donc, ami, ne va pas te
» repentir de la promesse jurée entre nous, et, sans
» perdre de temps, arrive, ou en bateau ou en char; soit
» en prenant par ces lieux où la Garonne, enflée par le
» refoulement de vagues ondoyantes, semble menacer
» l'Océan, soit par cette route fréquentée dont le gravier
» brisé conduit à Blavia la guerrière. De mon côté en
» effet, au premier jour après la fête de Pâques, je brûle
» d'aller aux champs. Rassasié ici des cohues populaires,
» des rixes ignobles de carrefours, j'ai assez vu les rues
» trop étroites regorger de flots humains et les places
» envahies par la populace cesser de mériter leur nom.
» L'écho troublé répète confusément les cris : Arrête!
» frappe! tire! donne! gare! Ici c'est un porc fangeux
» qui s'enfuit, là un chien furibond qui se précipite sur
» vous, tandis que des bœufs font d'inutiles efforts pour
» tirer une trop lourde charrette (¹). Que sert de se
» réfugier au lieu le plus reculé et le plus sourd de son
» logis? les clameurs traversent les murailles.

(¹) Dans le vers 26 :

Et impares plaustro boves,

je prends *impares* dans le sens d'insuffisants. Ce sens me paraît res-
sortir de l'ensemble, et l'ellipse qu'il faut supposer pour une autre
interprétation me semble peu conforme aux exigences de la langue.
— BOILEAU, *Satire* VI, 43 :

<blockquote>
Là sur une charrette une poutre branlante
Vient, menaçant de loin la foule qu'elle augmente;
Six chevaux attelés à ce fardeau pesant
Ont peine à l'émouvoir sur le pavé glissant.
</blockquote>

Les deux premiers vers sont tirés de Juvénal, mais Boileau a dû
emprunter les deux derniers à notre Ausone.

» Tout cela, et tout ce qui peut blesser mes goûts de
» tranquillité, me pousse à quitter la ville pour aller
» retrouver, dans une campagne plus solitaire, ces doux
» loisirs rendus plus attrayants encore par les délasse-
» ments de l'esprit. Là tu peux employer ton temps à ta
» fantaisie, tu es le maître de ne rien faire ou de faire ce
» qui te plaît. Si c'est là ce que tu souhaites (¹), arrive
» bien vite avec tout le bagage de tes muses. Dactyliques,
» élégiaques, choriambes, épodes, appareil de comédie
» et de tragédie, entasse tout sur tes charriots (car le
» mobilier du vrai poète consiste entièrement en pape-
» rasses), pour arriver en même temps que moi devant
» le portique... si du moins tu tiens parole comme un
» Grec et non pas comme un Carthaginois (²). »

Je dois dire tout d'abord que j'ai cru pouvoir corriger
l'avant-dernier vers, lequel a paru corrompu à tous les
éditeurs. Les textes vulgaires portent :

Dactylicos, elegos...
. . . .
Carpentis impone tuis, nam tota supellex
Vatum piorum chartea est.
Nobiscum invenies catenoplia, si libet uti
Non Pœna sed Græca fide.

Ou bien ils donnent κατενόπλια, ce qui revient au même.
Écrit en grec ou écrit en latin, ce mot désignait soit
un chant accompagné de danses et de cliquetis d'armes,
soit une condition exceptionnelle de l'hexamètre. Ni
l'une ni l'autre de ces significations ne paraît s'appliquer

(¹) Il est surprenant qu'aucun commentateur n'ait remarqué ici
l'emprunt fait à Horace. (*Odes*, IV, 12, 21-22.)
(²) Cf. Plaute. *Asin*. I, ɪɪɪ, 47.

avec justesse au passage d'Ausone, surtout lorsque l'on fait attention à la restriction : *si libet uti non Pœna sed Grœca fide.* M. Corpet en est réduit à traduire : « Chez nous » tu trouveras des caténoplies; et, si tu veux en user, » que ce ne soit pas avec la foi punique, mais avec la foi » grecque. » Pour traduire cette traduction, M. Corpet dit en note : « Ausone emploie ici le mot κατενόπλια pour » désigner toute espèce de poésie. Il consent, ajoute » l'estimable traducteur, il consent à faire lire ses vers » à Paulus, pourvu que celui-ci n'abuse pas de cette » confidence, qu'il se contente d'en jouir seul, et ne » trahisse pas la modestie de leur auteur en les divul- » guant. Peut-être encore qu'en employant ce mot grec, » il fait allusion, en plaisantant, à quelques-unes de ses » poésies grecques, du genre de celles qui vont suivre » (*Epist.* XIII), et ne jouerait-il pas en même temps sur » ce mot de *Grœca fide,* qui veut dire aussi une corde, » une lyre grecque? »

Scaliger, moins timide que M. Corpet, imagine là-dessus tout une petite histoire pour arriver à changer κατενόπλια en κατενώπια. Supposant d'abord que, par les vers 37 à 40, Ausone engage Paulus à porter avec lui tout ce qu'il a de poètes et de rhéteurs dans sa biblio-thèque, il ajoute : « Si Ausone faisait à son ami cette » recommandation, ce n'est pas qu'il manquât lui-même » de ces livres, mais c'est parce que Paulus avait la » mauvaise habitude de ne pas rendre les livres qu'on lui » prêtait. Ausone ajoutait donc : Tu en trouveras bien » chez moi, des livres, mais à la condition de ne les lire » qu'en ma présence, sous mes yeux (κατενώπια), et de » me les rendre séance tenante. »

Eh bien! voilà une singulière façon d'engager ses amis à venir chez soi. Portez, je vous prie, votre mobilier,

afin de n'être pas tentés de me voler le mien. Le bon
Fleury, qui était censé travailler pour le Dauphin de
France, a dû trouver que cela manquait absolument de
politesse, et il n'a suivi qu'à regret cette interprétation,
remarquant d'ailleurs, avec Scaliger lui-même, qu'il était
singulier qu'Ausone engageât ici Paulus à porter des
livres, puisque, dans une autre épître (XII), il lui faisait
savoir que l'on trouvait dans sa villa une bibliothèque
bien garnie. Cette contradiction aurait dû arrêter Scaliger,
ou du moins lui faire constater qu'il s'agissait en ces
deux lettres de deux villas différentes; mais son siége
était fait, et il passa outre. Et cependant, par un singulier
hasard, la lecture même qu'il avait proposée en vue
d'une interprétation irréfléchie, pouvait, si je ne me
trompe, le mettre sur la voie du vrai sens.

Il suffit de lire attentivement le texte latin de cette
épître pour s'apercevoir qu'il existe un rapport évident
et intime entre les derniers vers et les premiers, et que
cette phrase : « *Si libet uti non Pœna sed Grœca* FIDE, »
n'est qu'un rappel à peine modifié de celles du commencement : « *Si qua* FIDES *est adhibenda poetis,... Paule,...
intemerata tibi maneant promissa,... te quoque ne pigeat
consponsi fœderis, et jam citus veni.* »

Pour bien comprendre ce que peut être la promesse
dont il s'agit, il est bon de parcourir plusieurs autres
lettres d'Ausone à Axius Paulus, en rétablissant, autant
que possible, l'ordre de ces lettres complètement boule-
versé dans toutes les éditions.

La lettre VIII n'est guère qu'un billet improvisé. Ausone
est à sa campagne de Noverus, tout près de Saintes,
mais il ne peut y faire qu'un séjour très limité, étant
tenu de rentrer à Bordeaux pour la solemnité de Pâques.
Il en informe Paulus, qui est à Saintes, et l'engage à

profiter de ce voisinage momentané, en venant le voir au plus vite.

La XIᵉ épître, contenant peut-être la XIIᵉ qui est antérieure, se rapporte à une époque où Ausone était à Bordeaux ou à Lucaniac. Elle semble indiquer que Paulus, quittant sa demeure de Crebennus, en Bigorre, pour se rendre à Saintes, a chargé un serviteur *(promus)* de prendre, en passant, des nouvelles d'Ausone, et de lui remettre des lettres, ayant pour objet de demander au poète des pièces de vers d'une mesure particulière, et de l'engager à venir en Saintonge. Dans sa réponse, Ausone refuse d'envoyer les vers demandés, mais il en envoie d'autres à leur place; et, en vue sans doute d'un séjour prochain à sa campagne de Noverus, il annonce l'expédition préalable d'une provision de vin, qu'un charriot attelé de deux bêtes de somme doit transporter en Saintonge.

La lettre XIV, adressée à Saintes, a été écrite de Noverus, mais au début d'un séjour assez prolongé qu'Ausone devait y faire. Cela ressort du vers 6 et de toute la lettre, le poète disant à Paulus qu'il peut prendre son temps pour venir le rejoindre, et qu'il trouvera à Noverus des livres pour utiliser ses heures de loisir.

Du reste, Ausone ne laisse pas ignorer à son ami que c'est pour lui, Paulus, qu'il a quitté Bordeaux. (*Ep*. XIV, v. 1-2.) Il est donc très naturel de supposer que, pendant les nombreuses rencontres des deux amis, le poète bordelais dut arracher au rhéteur de Saintes la promesse de venir à son tour passer quelque temps dans une des campagnes que le Consul possédait plus près de Bordeaux. C'est cette promesse qu'Ausone rappelle dans sa Xᵉ lettre : *Si qua fides*. Il est à Bordeaux, et dans un de ces moments d'ennui où le bruit de la ville lui pèse ([1]); aussi, dès qu'il sera libre des obligations que lui imposent cette fois encore les fêtes de Pâques, il partira pour Lucaniac. Il engage donc Paulus à quitter Saintes au même moment, et à prendre, soit la voie maritime en s'embarquant à l'embouchure de Gironde, vers Royan, soit la voie de terre en suivant la route de Saintes à Blaye, et de Blaye à Lucaniac (près de Libourne). De cette façon, les deux amis, partis de points différents, pourront arriver ensemble à la porte de la villa d'Ausone, si du moins Paulus est fidèle à la parole donnée et exact au rendez-vous assigné. On comprend dès lors cette formule conditionnelle : *Si libet uti Græca fide;* et il me semble que le sens de ce qui précède sera en harmonie avec l'ensemble si, au lieu de la leçon vulgaire :

Nobiscum invenies κατενόπλια, *si libet uti...,*

on corrige ainsi :

Dactylicos, elegos, etc...

....

Carpentis impone tuis (nam tota supellex
Vatum piorum chartea est),
Nobiscum ut venias κατ'ἐνώπια, *si libet uti*
Non Pœna sed Græca fide.

En commençant cette épître, Ausone avait dit à son ami : *Si qua* FIDES,...VENI. Il la finit (d'après ma restitution) en répétant : VENIAS, *si libet uti Græca* FIDE. Cela concorde parfaitement ([2]).

La confusion entre *invenies* et *utvenias* est des plus

([1]) Cf. *Idyll.* III, 31-32.
([2]) Cf. *Epist.* XIV, 36, et XV, 37, des clausules identiques.

aisées à expliquer. On sait combien sont fréquentes sur
les manuscrits les permutations de *ut* et de *in;* quant à
la forme du subjonctif, elle devait disparaître du moment
où le copiste n'avait pas lu *ut,* ce même copiste trouvant
une autre cause d'erreur dans les fins des épîtres voi-
sines VIII et XIV.

Ἐνώπια est un terme consacré chez Homère pour désigner la partie antérieure de l'entrée des habitations ou
palais (¹). La citation érudite faite par Ausone a donc ici l'à-
propos d'un dicton. L'ancienne édition de Parme (1499),
très fautive d'ailleurs, mais qui a été faite à l'aide de
manuscrits, donne *catenantia* (c'est-à-dire κατεναντία) au
lieu de *catenoplia;* cela ne signifie rien avec *invenies;* mais
si l'on admet ma correction *venias,* cette leçon, moins
heureuse que l'autre, aboutira cependant à un sens
analogue, en faisant encore rencontrer les deux amis
face à face, au seuil même de la demeure d'Ausone.

Il me resterait à justifier une autre partie de mon
interprétation contre celle qui semble avoir été admise
jusqu'ici. En effet, sous l'empire de je ne sais quelle
préoccupation, Scaliger (²), et après lui le bon Vinet, ont
imaginé qu'Ausone écrivait cette Xᵉ lettre, de Saintes, à
Paulus qui aurait été à Bordeaux. C'est d'abord, et tout
à fait gratuitement, renverser les faits connus pour leur
substituer des conjectures, mais ces conjectures mêmes
sont, ce me semble, insoutenables. Dans la VIIIᵉ lettre,
Ausone, alors à Noverus, près de Saintes, a dit que la

(¹) CASAUBON, *Notes sur les caractères* de Théophraste, ch. 21, p. 330,
éd. de 1612 : *Moris fuit apud Græcos eam partem ædium (quæ ab
ingredientibus prima conspicitur, aut à prætereuntibus, quando fores
patent, quam* ἐνώπια *vocabant) omnibus modis ornare. Ideo Homerus*
ἐνώπια παμφανόωντα *dixit.* — Cf. Toup, *Emendationes in Suidam,* t. II,
p. 473, éd. de 1790.

(²) *Lect. Auson.,* II, 6.

solemnité de Pâques l'obligeait à rentrer à Bordeaux (pour se conformer aux injonctions d'un édit de Théodose); la répétition de cette même circonstance des fêtes de Pâques qui doivent le retenir en ville, implique jusqu'à l'évidence qu'il s'agit encore de Bordeaux (¹).

Il y a d'ailleurs à faire une remarque de simple bon sens. Si Ausone, écrivant cette lettre, avait été à Saintes et Paulus à Bordeaux, dire à celui-ci de venir à Saintes par la chaussée qui conduit de Saintes à Blaye, c'eût été le guider à rebours et lui indiquer la route du départ au lieu de celle de l'arrivée. Mais il semble vraiment qu'il y aurait une sorte de puérilité à entreprendre une plus longue démonstration pour prouver ce qui, par soi-même, est si manifeste et si naturel, à savoir que cette lettre est écrite de Bordeaux, domicile ordinaire d'Ausone, et adressée à Saintes, domicile ordinaire de Paulus.

Je reviens maintenant sur mes pas pour reprendre quelques détails dans les épîtres à Axius Paulus, dont j'ai donné plus haut l'analyse.

Dans la VIIIᵉ épître, Ausone, arrivé à Noverus, engage son ami à venir bien vite le voir. En gourmet qu'il est des choses littéraires, le poète consul recommande à Axius d'apporter avec lui les dernières productions de sa muse : « Trois milliers de vers épodes tout accouplés, dit-il, ou bien de ces plaidoiries feintes qui fleurissent dans votre école. Chez moi, tu ne trouveras rien de

---

(¹) Je pourrais ajouter que dans son Éloge de Bordeaux (*Claræ Urbes* XIV, 15), Ausone fait une allusion manifeste au vers 22 de l'épître qui nous occupe, ou *vice versa*. Dans l'épître XXIVᵉ (v. 90 et 91) se trouve encore une allusion analogue avec mention expresse de Burdigala. Tous ces passages montrent que la Xᵉ épître renferme bien la description des *Embarras de Bordeaux*.

pareil, car j'ai laissé à Bordeaux et ce que j'avais encore de mes anciennes bagatelles poétiques et ce qui pouvait rester de sel dans mon esprit. » Le texte dit plus brièvement :

> *Perfer in excursu vel terjuga millia epodon,*
> *Vel falsas lites quas schola vestra serit ;*
> *Nobiscum invenies nullas, quia linquimus istic*
> *Nugarum veteres cum sale relliquias.*

Nous pouvons aisément nous faire une idée de ce qu'étaient ces plaidoyers fictifs. Sous le pseudonyme de Vespa, il nous en est parvenu un, à peu près complet, dans lequel un boulanger et un cuisinier, en un latin qui se ressent de l'influence de ce dernier, plaident avec véhémence chacun pour la supériorité de son art. Wernsdorf, en publiant ce morceau (¹), l'a bien attribué à quelqu'un de ces *aretalogi* qui, comme Axius Paulus, s'appliquaient à distraire les grands seigneurs gallo-romains, mais il a omis de signaler cette mention faite par Ausone des plaidoyers pour rire de l'école de Saintes, mention qui cependant s'applique à merveille au badinage de Vespa.

Pour en revenir au texte d'Ausone, je le crois entaché, à cet endroit, d'une leçon inexacte. Le mot *falsas*, d'abord, ne me semble pas l'expression juste : *fictas* serait ici d'un meilleur emploi, si je ne me trompe, mais j'estime qu'au lieu de *falsas*, il faut lire *salsas* (*falsas*). Cela donnerait toute sa valeur au mot final :

> *Linquimus istic*
> *Nugarum veteres* cum sale *relliquias.*

(¹) Dans les *Poetæ latini minores*, t. I, p. 588 et suiv. de l'édition de Lemaire. Voir la notice de Wernsdorf, *ibid.*, p. 380 et suiv.

Le débat déjà cité entre le cuisinier et le boulanger, avec ses jeux de mots sur le double sens de *jus* et autres semblables, est une de ces *Causes salées* où l'esprit national commençait à prendre ses ébats, et préludait gaillardement aux *Causes grasses* du moyen âge. Le Gaulois, né malin et avocat, relevait déjà ses jeux de société avec le sel du vaudeville, tandis que sur un théâtre plus vaste, et dans le *Querolus*, par exemple, il faisait pressentir la verve caustique de *Pathelin* et la fine raillerie des *Plaideurs*.

L'épître XI sera pour moi l'objet d'un examen approfondi lorsque j'étudierai le *Querolus*. Je rappellerai rapidement ici que, dans cette épître, Ausone refuse à son ami de lui envoyer certain de ses ouvrages, le *Dissonnant,* que la lecture du *Delirus* de Paulus lui-même ferait juger trop inférieur, et il lui adresse, par compensation, des pièces d'un autre genre n'ayant pas à redouter la comparaison. Ce passage est évidemment altéré dans le texte vulgaire, lequel est ainsi conçu :

Denique DISSONUM, *quem Colonomon existimo proprie a philologis appellatum, adcrevi, ut jubebas, recenti versuum tuorum lectione non ausus, ea, quæ tibi jam cursim recitata, transmitto. Etenim hoc poposcisti, atque id ego malui.*

A la place de *Colonomon* qui ne signifie rien, je propose de restituer χωλόνομον, mot qui serait composé par analogie sur χωλίαμβος et qui signifierait une mesure boiteuse, un langage marchant à cloche-pied, *claudo pede*. Devant revenir, à propos du *Querolus,* sur la forme littéraire que cette expression semble désigner, je n'insisterai pour le moment que sur l'opportunité intrinsèque de la correction. Je ferai remarquer d'abord que ma transcription en lettres grecques ne modifie en rien l'assonance du mot présenté par les manuscrits. Mais, pour la justifier davantage, il me suffira de dire que Stace (¹) appelle *dissona carmina* l'accouplement des vers de mesure différente, comme, par exemple, l'hexamètre et le pentamètre formant le distique élégiaque; et de rappeler qu'Ovide, parlant des distiques de ses *Tristes*, a dit (²) :

> *Clauda quod alterno subsidunt carmina versu,*
> *Vel pedis hoc ratio, vel via longa facit.*

Ainsi se trouve suffisamment constatée la synonymie nécessaire de *Dissonus* et de χωλόνομον. Mais pourquoi cette synonymie? Est-il admissible qu'Ausone l'ait relatée ici sans nécessité? Lorsqu'on s'est livré avec quelque attention à l'étude de notre poète bordelais, on constate qu'il ne lui arrive guère de parler pour ne rien dire, et quand on rencontre chez lui une phrase en apparence superflue, on peut être certain qu'elle a sa raison d'être et qu'elle doit servir ou de transition ou de prétexte à un trait d'esprit, à un mot d'à-propos. C'est ici le cas, si je ne me trompe. Je reprends le texte débattu, en y introduisant mes corrections :

Denique Dissonum, quem χωλόνομον *existimo proprie a philologis appellatum, admovere, ut jubebas, ... non ausus, ea, quæ tibi jam cursim recitata, transmisi* (³).

(¹) *Silvar.* II, ii, 114 :
> *Seu dissona nectit,*
> *Carmina, sive minax ultorem stingit iambon.*

(²) *Trist.* III, i, 11; Ovide avait dit ailleurs (*Amor.* I, i, 3-4) en parlant du pentamètre :
> *Par erat inferior versus : risisse Cupido*
> *Dicitur, atque unum subripuisse pedem.*

(³) Je lis *transmisi* avec les éditions de Junta et d'Alde de 1517. La plupart des autres donnent *transmitti*, dont on a fait *transmitto*. La suite du texte demande le passé au lieu du présent.

J'ai remplacé par *admovere* la leçon vulgaire *adcrevi*, laquelle n'a aucun sens. La différence de ces deux mots est beaucoup moins grande qu'on ne pourrait le croire, pour peu qu'avec quelque connaissance de la paléographie, on recherche les causes probables de confusion. On sait, en effet, que rien n'est plus fréquent dans les manuscrits que la suscription du signe *s* représentant la syllabe *er*. Le mot *admouere* a donc dû être écrit *admouě*, ce qui pouvait parfaitement être pris pour *adcreui* dans l'écriture cursive, grâce surtout à la forme de l'*m* onciale si usitée dans tout le moyen âge :

admoui

Du reste, il est plusieurs autres mots qui auraient pu être confondus avec *adcrevi*. Ce que je crois vrai surtout, dans ma restitution, c'est le rétablissement d'un verbe à l'infinitif et l'interprétation du sens de la phrase. L'incise *quem* χωλόνομον *existimo proprie appellatum* serait bien froide et pédantesque s'il ne s'y cachait aucune allusion. Cette allusion reparaît : « Quant à mon *Dissonnant*, poème que les doctes ont raison, selon moi, d'appeler un poème *boiteux*, n'osant le mettre en marche vers toi, surtout après la lecture récente de ton *Delirus*, j'ai pris le parti de t'envoyer à sa place ce que je t'avais déjà communiqué rapidement. » Le verbe caché dans *adcrevi* doit être en relation de sens avec χωλόνομον. Le poème étant jugé boiteux, Ausone ne le croit, à cause de cette infirmité, ni capable ni digne d'aller trouver son ami Paulus. Il me semble évident qu'il y a une pointe de ce genre, semblable à celle contenue dans les vers d'Ovide déjà cités :

Clauda quod alterno subsidunt carmina versu,
Vel pedis hoc ratio, vel via longa facit.

Puisque ces épîtres nous ont rapprochés d'Axius
Paulus, dont j'aurai à parler plus spécialement dans un
autre travail, je tenterai encore ici de corriger le texte
de vers faisant partie d'un recueil qu'Ausone lui avait
dédié (*Edyll.* VII).

A la suite d'une expédition militaire, où il accompagnait
peut-être son disciple Gratien, notre poète était devenu,
par droit de guerre, possesseur d'une jeune captive,
Suève d'origine, appelée Bissula. Rentré dans ses foyers,
il écrivit une série de pièces légères dont Bissula était
l'unique sujet ; et, sur les instances d'Axius Paulus, il les
communiqua à cet ami, bien qu'elles eussent été composées, disait-il, pour rester confinées dans la plus stricte
intimité. La seconde de ces pièces est ainsi conçue :

AD LECTOREM HUJUS LIBELLI.

Carminis incompti tenuem lecture libellum,
Pone supercilium;
Seria contractis expende poemata rugis :
Nos Thymelen sequimur.
Bissula in hoc schedio cantabitur, aut Erasinus,
Admoneo ante bibas.
Jejunis nil scribo. Meum post pocula si quis
Legerit, hic sapiet.
Sed magis hic sapiet, si dormiet, et putet ista
Somnia missa sibi.

Voici comment M. Corpet traduit ce morceau :

« AU LECTEUR.

» Avant de parcourir ces légers essais d'une muse un
» peu nue, dépose ta gravité, lecteur. Tu fronceras le
» sourcil pour juger des œuvres sérieuses : nous, nous
» suivons la Thymélé. C'est Bissula qu'on va chanter dans

» cette ébauche, ce n'est pas l'Érasinus. J'ai un conseil à
» te donner, c'est de commencer par boire. Je n'écris pas
» pour un censeur à jeun. Il faut me lire en quittant la
» table, pour bien faire. Qu'on fasse mieux encore : qu'on
» s'endorme et qu'on se croie sous le charme d'un rêve. »

M. Corpet met en note : « Scaliger suppose que cet
» Érasinus était un parasite ridicule ou un mime du
» temps d'Ausone, et Ausone en le citant ici annonce-
» rait qu'il veut rire ou faire rire comme cet Érasinus.
» Pulmann propose de lire : *haud Erasinus,* leçon qui me
» paraît préférable et que j'ai suivie dans ma traduction.
» L'Érasinus est un fleuve d'Achaïe chanté (¹) par Ovide
» (*Métam.* XV, 276) et par Stace (*Théb.* I, 238), qui sont
» ici des poètes sérieux; or Ausone a soin de dire en
» commençant qu'il n'imite pas les œuvres sérieuses.
» Peut-être aussi, sous le nom de ce fleuve, faisait-il
» allusion à la Moselle qu'il venait de chanter, sujet plus
» grave auquel il renonce un instant pour célébrer les
» charmes de sa jeune captive. »

Franchement, des allusions pareilles seraient bien
subtilement recherchées et peu saisissables pour le
lecteur. Ausone avait trop d'esprit pour en faire un
usage si peu spirituel; et l'on peut affirmer que sa
comparaison se rapporte à un fait, à un nom connu de
tous. Je vois, pour ma part, deux façons d'expliquer et
de rétablir le passage. Je parlerai d'abord de celle qui me
paraît la moins probable, bien qu'elle se prête à la plus
facile correction. Je lirais :

utque Cratinus
Admoneo ante bibas.

(¹) Il faudrait dire simplement : cité.

« Et, comme Cratinus, je te conseille de boire avant d'entendre la pièce. »

Il n'est pas besoin de rappeler ici ce qu'était Cratinus, les vers d'Horace qui sont dans toutes les mémoires :

Prisco si credis, Mæcenas docte, Cratino,
Nulla placere diu nec vivere carmina possunt
Quæ scribuntur aquæ potoribus (¹),

ces vers citent le fameux comique grec précisément à propos de son enthousiasme pour le vin. Il ne serait pas improbable que ce même Cratinus qui repoussait tout poète buveur d'eau, eût demandé quelque part au public de boire avant d'écouter sa pièce. Cela s'adapterait bien aux vers d'Ausone. Au point de vue des confusions graphiques, dans *utque* l'abréviation de *que* pouvait être facilement confondue avec le signe identique du *t* cursif en forme de 8 (²) qui aurait fait prendre *utque* pour *aut;* quant au mot principal, le rapprochement des formes Cratinus et Erasinus, avec un E lunaire, montrera combien l'analogie est frappante :

Cratinur
Cratinur.

En admettant cette correction, on se trouverait avoir un nouveau fragment de Cratinus.

Malgré ce qu'aurait de séduisant cette dernière con-

(¹) *Epist.* I, xix, 1-3. Voyez l'épigramme grecque conservée dans l'*Anthologie* (*Palat.* XIII, 29). Si l'auteur de cette épigramme a employé dans ses distiques des vers iambiques au lieu de pentamètres, c'est probablement parce que le second vers est la transcription exacte du vers de Cratinus.

(²) Voyez, dans le *Dictionnaire de Diplomatique* de Dom de Vaines, la planche 31, part. 2.

quête, je n'insiste pas sur cette restitution, parce qu'une autre, moins élégante peut-être, me paraît beaucoup plus probable.

Il est manifeste, en effet, que, dans les premiers vers, Ausone fait allusion à cette épigramme de Martial (¹) :

> *Contigeris nostros, Cæsar, si forte libellos,*
> *Terrarum dominum pone supercilium...*
> *Qua Thymelen spectas derisoremque Latinum,*
> *Illa fronte precor carmina nostra legas.*
> *Innocuos censura potest permittere lusus :*
> *Lasciva est nobis pagina, vita proba est.*

Les mots : *libellos, pone supercilium, Thymelen,* sont assez caractéristiques pour faire constater l'allusion, mais elle est rendue plus évidente encore par la citation du dernier vers qu'Ausone fait intégralement à la fin de son *Centon nuptial,* en adressant au même Paulus une excuse analogue de ses trop libres badinages.

Cela constaté, je pense que l'allusion ne s'arrêtait pas à Thymélé, la fameuse pantomime de Domitien, mais s'étendait au non moins fameux Latinus, camarade de scène de l'actrice. On les séparait si peu que, sur la foi de Juvénal (²), et sur la foi des scènes audacieuses où ils paraissaient ensemble, on avait fait de Latinus le mari de Thymélé. C'était, en tous cas, un mari pour rire.

Je lirais donc dans les vers d'Ausone :

> *utque Latinus*
> *Admoneo ante bibas.*

Il nous resterait là un mot traditionnel du pantomime

(¹) *Epigr.* I, 5.
(²) *Sat.* I, 36; Cf. une intéressante dissertation d'A. Politien, *Epist.* lib. vii.

Latinus, s'apprêtant à jouer devant les convives d'un riche romain, et leur conseillant de se mettre, au préalable, à un certain diapason de gaieté. Cela ne vaut pas, à coup sûr, un fragment nouveau de Cratinus, mais précisément parce que ce texte est moins raffiné, je le crois plus vraisemblable.

Le talus fortement accentué et relevé du trait inférieur de l'L pouvant figurer une *r* mal formée ([1]), expliquerait encore l'origine de la leçon vulgaire.

Bissula, on n'en saurait douter, était devenue chez son maître une danseuse privée, une pantomime d'intimité. L'allusion à Thymélé et aux libations serait sans aucun à propos avec une autre interprétation. L'esclave avait-elle, plus tard, par des mérites plus sérieux, gagné ou imposé le respect du maître? C'est ce que les pièces perdues nous eussent appris... peut-être. La préface en prose à Paulus, avec ses expressions de tendresse discrète, pouvait laisser croire qu'Ausone avait été le chevalier d'Aydie de cette autre Aïssé; mais l'avertissement versifié, effronté, libertin et tout à fait régence, ferait craindre qu'il se fût contenté du rôle vulgaire et triste d'un Fériol. Je regrette que ma restitution vienne fortement appuyer sur cette dernière hypothèse; elle n'est pas la plus honorable : ce n'est malheureusement pas une raison pour qu'elle soit la moins vraie, et tant de précautions oratoires ne semblent que trop la justifier.

Je passe vite à des pages moins hasardées.

Bien qu'Ausone ne se gênât guère, en général, pour adresser à ses amis de vertes admonestations à peine

---

([1]) Voyez les fac-simile de la lettre L donnés par M. de Wailly dans la première planche de ses *Éléments de Paléographie*.

dissimulées sous l'apparence de saillies épistolaires, il n'est aucun de ceux-ci qui ait dû, plus que le gros Théon, sentir les meurtrissures de cette plume agile et mordante qui, abusant des priviléges de l'esprit et de l'amitié, frappait à coups redoublés, comme pour rappeler qu'elle avait succédé à une férule. Si le sans-façon du poète peut paraître excessif, il nous a valu du moins des pages de causerie familière qui sont pleines d'intérêt. C'est sur un passage de ces curieuses épîtres à Théon (*Epist.* IV) que je veux appeler l'attention du lecteur.

Ce Théon était un assez pesant personnage, visant au bel esprit sans y atteindre, et ne se laissant pas décourager par les traits satiriques qui pleuvaient sur lui. Il cultivait, vers la pointe du Médoc, à Domnotonus, des terres, ou plutôt des sables, qui s'étendaient peut-être des rives de la Gironde à celles de l'Océan ; et, profitant de cette situation maritime pour trafiquer sur les denrées du pays, peut-être même sur le produit de ses pêches et de ses chasses, il vivait en rude campagnard, dans une demeure enfumée, véritable arsenal de filets, de lignes et d'engins de toute sorte.

Ausone, qui, malgré tout, avait pour lui une vieille et sincère amitié, ne réussissait pas facilement à l'arracher à ses occupations rustiques.

« Que fais-tu donc, lui disait-il dans une de ses
» missives, que fais-tu donc perdu là-bas, tout au bout
» du monde, poète travailleur de sables, condamné à
» râcler la grève près des lieux où l'Océan finit, où le
» soleil se couche, ami Théon, qu'une méchante cabane
» emprisonne sous son toit de roseaux, ou qu'une ferme
» à faire pleurer noircit de fumée résineuse ? Que disent
» tes Muses et ton Apollon ?... Quelle espèce de vie mènes-
» tu, sur les plages des Médules ? Fais-tu le commerce,

» accaparant, pour un peu de monnaie fraudée ([1]), ce
» que, vendeur insatiable, tu placeras ensuite à des prix
» fous, blanches mottes de suif, gras pains de cire, poix
» digne de la Narycie, papyrus en feuilles, torches fuman-
» tes, éclairage infect du paysan? Vises-tu par hasard à
» de plus hauts faits et as-tu entrepris de faire la chasse
» aux brigands qui désolent toute la contrée?... ou bien,
» te réunissant à ton frère, t'es-tu mis à cerner, dans des
» rets et des filets empennés, les cerfs errants à travers
» les fourrés déserts, ou à poursuivre de clameurs et
» pousser au piége le sanglier ruisselant d'écume?... Mais
» peut-être qu'évitant la chasse, à cause de ses périls,
» tu te laisses entraîner par la passion de la pêche, car
» l'ameublement de Domnotonus n'étale d'ordinaire pour
» toutes richesses que manteaux aux mille nœuds, des-
» tinés aux sujets de Nérée, javelots, éperviers, et toute
» la série des filets aux noms rustiques, nasses et hame-
» çons garnis de vers. Confiant en ce riche matériel, tu
» fais le brave : ta demeure opulente regorge de toutes
» parts des dépouilles du littoral. On y apporte du sein
» des flots le créac, la pastenague meurtrière, les molles
» platusses, le toul piquant, les gates mal défendues par
» leur épine, les perlons, etc. »

Tota supellex
Domnotoni tales solita est ostendere gazas :
Nodosas vestes animantum Nerinorum,
Et jacula, et fundas, et nomina villica lini,
Colaque, et indatos terrenis vermibus hamos.

([1]) Je suis l'interprétation proposée par Martin Despois. La falsifi-
cation des monnaies était fréquente à cette époque, et on en trouve
une mention très curieuse dans le *Querolus*, p. 131 de l'édition de
Klinkhamer.

Le vers douteux est celui-ci (v. 56) :

Et jacula et fundas et nomina villica lini.

Les plus anciennes éditions, faites sur des manuscrits, portaient, à la fin du vers, *bellicani,* ce qui ne signifie rien et ne fait pas la mesure. Le manuscrit de l'Ile-Barbe donnant *vilicalini,* Turnèbe, informé de cette leçon par son ami Roussard, n'eut pas beaucoup de peine à formuler la correction qui est devenue le texte vulgaire. Je crois cependant qu'il y avait moyen de faire mieux, en tenant compte, dans une certaine mesure, de l'ancienne leçon *bellicani* qui, au milieu de son barbarisme, doit renfermer quelques restes du texte primitif.

On a supposé que *nomina villica lini* signifiait les noms rustiques des filets que leur étrangeté ne permet pas d'insérer dans des vers. Mais je ferai remarquer que, chez Ausone, cette formule phraséologique très fréquente forme d'ordinaire apposition ([1]), en sorte qu'il paraît plus conforme à son style de rapporter ces mots à ce qui précède. Puis *villica* n'est point le mot juste ([2]); on

([1]) Voyez, par exemple : *Parental.* XXII, 1; *Urb.* XIII, 9, avec l'ancienne variante, *Mosell.* 177; *Epist.* VI *ad Theon.,* 21; *Præfat. ad Syagr.* 21.

([2]) Cet exemple est, si je ne me trompe, le seul que l'on puisse citer du mot *villicus* pris adjectivement. Or, il n'a d'autre autorité que celle d'une simple conjecture de Turnèbe. Vinet que l'on a quelquefois traité de radoteur, mais qui avait un sentiment très juste de la latinité et une sérieuse érudition, Vinet n'était pas pleinement satisfait de la correction de son illustre contemporain. Bien que l'excellent professeur bordelais ne puisse être comparé à Joseph Scaliger qui était un homme de génie, il faut reconnaître que Vinet s'est montré parfois meilleur critique que son émule, grâce à sa défiance de lui-même et des autres. En fait de défiance, celle de Scaliger ne portait jamais que sur le voisin.

attendrait en ce sens *rustica* ou *paganica* (¹). Enfin, dans l'énumération de noms de poissons qui suit, on peut constater qu'Ausone n'était guère embarrassé pour faire entrer dans ses hexamètres des dénominations locales qui semblent, au contraire, avoir eu pour lui un sensible attrait.

Je crois que le vers renferme une pointe plus délicate et je lis :

Et jacula, et fundas, et nomina bellica lini,

« et des javelots (filets), et des frondes (éperviers) et toute la série des filets aux noms belliqueux, » ou mieux encore

et nomina duellica lini

ce qui se rapprocherait à la fois de la lecture des anciennes éditions et de celle du manuscrit de l'Ile-Barbe (²).

Cette leçon formerait une allusion piquante au premier hémistiche du vers, *Et jacula et fundas,* offrant des noms de filets qui sont en même temps des noms d'armes de guerre. Cela serait en rapport aussi avec *tumes* (v. 58) et avec *spoliis* (v. 59). Théon qui n'était peut-être pas très courageux *(an quia venatus ob tanta pericula vitas),* avait sans doute la manie de faire le brave *(tumes),* et de parler de ses prises à la pêche comme on pourrait le faire du butin d'une bataille *(spoliis).* En affectant ici l'emploi de mots ronflants, de mots guerriers, Ausone le raille sur

---

(¹) Voy., dans la même épître, le vers 21, et le vers 177 de la *Moselle.*

(²) Ce serait en même temps une de ces légères affectations d'archaïsme auxquelles Ausone se plaisait fort. LucRÈCE, II, 661 :

Lanigeræ pecudes, et equorum duellica proles.

ses travers de gascon hâbleur (¹), comme sur l'exiguité de sa garde-robe, le double sens de *nodosas vestes* formant encore une épigramme de la même nature (²). Ailleurs (³), à l'occasion d'un envoi de pommes (*mala*) et de vers, il le raillera de même en se servant de l'équivoque de *mala* qu'il appliquera aux vers mêmes du pauvre Théon ; il le raillera enfin sur la double signification de son nom, qui représente à volonté un dieu ou un coureur.

Cela me remet en mémoire une des épigrammes de notre poète dont le trait repose sur une assonance analogue, et qui, si je ne m'abuse, a besoin, elle aussi, d'une restitution.

La XXᵉ épigramme est adressée à une vieille femme qui avait l'habitude de s'enivrer. Elle s'appelait Méroé : non pas, dit le poète, parce qu'elle avait le teint noir comme les filles de la ville égyptienne Méroé, mais parce qu'elle ne mettait pas d'eau dans son vin et le buvait aussi pur que possible. Le texte dit :

Infusum sed quod vinum non diluis undis,
Potare immixtum sueta, merumque merum.

M. Corpet, à la suite de tous les commentateurs qui l'ont précédé, traduit : « C'est parce que tu ne trempes pas d'eau le vin qu'on te verse, que tu aimes un breuvage

(¹) Le baron de Fæneste et M. de Crac trouvent ainsi dans Théon un ancêtre très direct et très inattendu.

(²) L'expression *nodosas vestes* serait certainement trop recherchée si elle n'était pas justifiée par un trait littéraire. Il faut remarquer cependant que cette expression était moins extraordinaire pour Ausone qui connaissait les noms grecs de filets, tels que καλύμματα (Oppien, *Halieut.*, III, 82), capes, couvertures.

(³) *Epist.* VI.

sans mélange, et que tu bois pur le vin pur. » Cette interprétation ne me semble pas satisfaisante. D'abord, *immixtum* ne se dit pas au sens négatif. Cela est un premier fait incontestable. Puis, est-il possible d'admettre qu'Ausone, poëte et rhéteur délicat, ait pu dire : « Tu ne mêles pas d'eau à ton vin, accoutumée que tu es à boire de pur vin pur non mélangé. » Ce serait un triple pléonasme que, certainement, il n'a pas commis. Enfin, la pièce n'a de sel qu'à la condition de donner un jeu de mots final qui présente un rapport sensible avec le nom de Méroé, ce qui n'a pas lieu d'une façon suffisante avec le texte adopté.

Voilà pour la critique du texte vulgaire. La restitution est moins facile à présenter, et je n'oserais proposer formellement une correction. Cependant, on pourrait lire peut-être :

Infusum sed quod vinum non diluis undis,
Potare immixtum sueta merumque mero es.

c'est-à-dire : « Tu ne verses pas d'eau dans ta coupe et as coutume de boire du vin pur mêlé avec... du vin pur. » Le fait de ce mélange de *merum mero* (¹) rendrait plus frappante l'opportunité du nom de Méroé, et, de plus, la clausule du vers : *mero es,* reproduirait assez exactement la forme même du nom. — Des jeux de mots analogues se trouvent dans Plaute (*Curculio,* I, I, 76-80) et dans l'*Anthologie latine* (Burm. I, p. 228).

Je ne me dissimule pas, cependant, le côté faible de la

(¹) Les gourmets avaient l'habitude de mélanger le Falerne avec du vin de Chios. Voyez Horace, *Sat.* I, x, 24. Ausone lui-même, *Epist.* XVIII, 31, fait allusion à ces mélanges de vins de diverses origines.

leçon que je viens de présenter; il est dans la place donnée à la particule copulative, particule trop éloignée du commencement du second membre de phrase et jointe à un mot autre que le verbe. Sans prétendre justifier absolument cette licence dans le cas actuel, je crois que l'on pourrait citer des exemples se rapprochant d'une telle construction ([1]). Le savant Brœkhuisen en a rassemblé un certain nombre dans son édition de Tibulle (p. 347), poète qui affectionne beaucoup ce genre de rejets.

Je ferai remarquer enfin que, pour arriver au jeu de mots visé par Ausone, il fallait nécessairement forcer un peu le langage.

On trouvera, sans doute, mieux que ma conjecture; mais je la crois meilleure que la vulgate, et je la donne pour ce qu'elle est : une simple tentative pouvant mettre sur la trace de la vraie leçon.

Il est peu de textes anciens qui aient exercé la sagacité des érudits plus vivement que ne l'a fait le titre de la XXXe épigramme d'Ausone. Cette épigramme est une courte énumération des noms divers de Bacchus, terminée par l'épithète de *Panthée*, que le poète bordelais donne au Bacchus de sa villa. Le titre est ainsi conçu dans les éditions vulgaires :

Myobarbum Liberi Patris signo marmoreo in villa nostra omnium Deorum argumenta habentis.

L'élégant Lilio Gyraldi, ne comprenant point ce

([1]) Sur le rejet de la particule et sur sa jonction à un mot qui n'est pas celui sur lequel porte son effet, on peut voir encore les citations et les remarques de Boscha (*Notes* sur Jean Second, t. I, p. 115; t. II, p. 72); Quicherat (*Versification latine*, p. 63-64), et Madvig (*Grammaire latine*, § 474 f. rem.). — Cf. Fortunat, *Miscell.* VIII, VII, 116.

myobarbum, chercha un à peu près, et proposa de forger un mot : *mixobarbarum* ([1]), destiné à qualifier l'épigramme composée de noms hétérogènes. Cette conjecture, faute de mieux, a été acceptée par Fleury et par Souchay; cependant elle manque de justesse, car *mixobarbarum* se rapporterait à l'épigramme elle-même, laquelle n'a rien de barbare; et la synonymie de Bacchus ne justifierait point l'invention de ce barbarisme nouveau, lequel d'ailleurs a le tort capital de ne pas tenir compte des éléments caractéristiques du mot fourni par les manuscrits.

Toutefois, si l'on compare la conjecture de Gyraldi aux conjectures de Turnèbe, de Scaliger et de Huet, on est tenté de lui décerner la palme de la simplicité, tant celles-ci sont laborieusement raffinées.

Ces trois illustres érudits, frappés par l'assonance des premières lettres du mot *myobarbum,* n'hésitent pas à prendre le mot μῦς, *souris,* pour l'élément principal d'une combinaison savante. Pour Turnèbe, ce mot, réuni à βχρέός, qui serait une coupe de consécration dans les mystères de Cérès, forme ce fameux *myobarbum,* image de la puissance mystique de Bacchus. Et d'un.

Scaliger trouve l'explication inadmissible. Et, oubliant lui-même, pour le besoin de sa cause, les conditions spéciales mentionnées par le titre de l'épigramme, il imagine que ce Bacchus était complètement nu, mais

([1]) Je renouvelle ici, pour plus de brièveté, une attribution formulée par les divers éditeurs d'Ausone. Elle n'est pas rigoureusement exacte. La conjecture en question est présentée par Gyraldi comme émanant d'un érudit de son temps qu'il ne nomme pas. Il se contente de l'adopter, mais non pas sans réserve, et a le soin de déclarer qu'elle ne le satisfait pas pleinement. Voir Gyraldi, *Hist. Deor. syntagma* viii, col. 289, éd. de Leyde, 1696, et les *Prolégomènes* d'Iensius, *ibid.,* p. xv.

portait au bras une cruche allongée, finissant en pointe, si allongée et si effilée, qu'on pouvait la comparer à une souris ou à une barbe pointue, ce qui pour Scaliger explique tout.

Pour Huet, cela n'explique rien; et il juge l'interprétation tirée par les cheveux, aussi bien que celle de Turnèbe. Pourtant c'est bien à peu près par là qu'il va la tirer à son tour. Voici son explication :

Ce Bacchus, comme le dit le titre, est une statue Panthée. On donnait ce nom aux simulacres de divinités portant les attributs de tous les dieux, comme, par exemple, le Mars et la Vénus du Panthéon d'Agrippa à Rome (¹). Au rapport de Macrobe, les Assyriens avaient érigé en l'honneur du Soleil un simulacre de ce genre, portant une longue barbe pointue. Or, le Soleil est le même qu'Apollon, et, selon Macrobe, Apollon est le même que Bacchus. Peu importe que Bacchus soit représenté ordinairement comme un jeune homme sans barbe, chez Ausone, il en avait une évidemment. Voilà ce que signifie *myobarbum*. La seconde partie du mot désigne cette fameuse barbe, en latin, et la première, qui est en grec, signifie que cette barbe était pointue comme une souris. — Cela est ingénieux, et les faits mythologiques allégués ne sont pas sans valeur (²); mais leur application au Bacchus de Lucaniac repose sur l'étymologie fantaisiste d'un mot incertain, et cet amalgame hybride de barbe et de souris ne vaut pas mieux, à mon sens, chez Huet que chez Scaliger.

(¹) Le bon Élie Vinet qui, sous sa candide bonhomie, cachait plus de savoir réel que Scaliger ne paraît lui en accorder (J. Scaligeri *Epistolar.* II, 199), avait, avant Huet, fait la citation de Macrobe et le rapprochement du Panthéon de Rome.

(²) Voyez A. Maury, *Histoire des religions de la Grèce antique*, t. I, p. 512 et suiv.

L'abbé Souchay, qui ne manquait pas de finesse, fait une remarque fort juste à l'encontre de cette conjecture du savant évêque d'Avranches. Si, comme le prétend Huet, *myobarbum* désigne la statue elle-même appelée ainsi *barbe pointue* ([1]), le titre entier : *Myobarbum Liberi Patris signo marmoreo,* signifiera : Statue de Bacchus en une statue ; ce qui est absurde.

Mais ce que Souchay n'a point dit, et ce qui était le plus utile à dire, c'est que Turnèbe, Scaliger et Huet ont commencé par altérer, dans le mot expliqué par eux, la leçon des manuscrits. Gyraldi s'est rapproché de cette leçon sur un point, mais en s'en éloignant sur un autre.

Les plus anciennes éditions, reproduisant les textes manuscrits, portent MYHOBARBUM avec un H après l'Y ([2]). Or, cette lettre, qui ne joue là aucun rôle phonétique, est un indice dont il faut absolument tenir compte. On doit remarquer, en effet, que, lorsque, sur des textes manuscrits, il se rencontre dans le corps d'une leçon des éléments en apparence inutiles ou inexplicables, la saine critique impose de ne point les négliger. Les scribes, en effet, de tout temps, ont été disposés à supprimer ce qui semblait superflu à leurs yeux ou à leurs oreilles, mais il ne leur arrive guère d'ajouter ce superflu que pour reproduire scrupuleusement quelque lecture dont ils ne comprennent pas le sens. Dans le cas qui nous occupe, la lettre H, ou au moins le signe que les imprimeurs ont représenté par un H, est, à cet égard,

([1]) Pour être logique, Huet aurait dû dire *barbe de souris.*

([2]) Gyraldi, *loc. cit.,* dit *avoir entendu dire* qu'un manuscrit portait *Mixobarbum.* L'H et l'X des anciens manuscrits offrant souvent une grande analogie, l'assertion dubitative de Gyraldi ne saurait suffire à faire admettre une variante du texte des premiers imprimés. Elle viendrait plutôt à l'appui de ce dernier, en faisant constater la présence d'une lettre entre l'Y et l'O.

très caractéristique, et n'a pas dû être introduite par un pur caprice de calligraphe.

D'autre part, si l'on examine la rédaction ordinaire des titres d'épigrammes destinées par Ausone à être placées sous des statues ou des tableaux, on trouvera les formules suivantes :

> *Picturæ subditi [versus] ubi etc.;* epigr. 6.
> *In simulacrum Occasionis etc.;* ep. 12.
> *In Corydonem marmoreum ;* ep. 31.
> *In simulacrum Sapphus ;* ep. 32.
> *In statuam Rufi etc.;* ep. 45.
> *In tabulam, ubi etc ;* ep. 46.
> *Subscriptum picturæ etc.;* ep. 71.
> *In Didus imaginem ;* ep. 118.
> *In Medeæ imaginem ;* ep. 129.

Ce qui fait défaut tout d'abord, dans le titre dont nous nous occupons, c'est la particule initiale que l'on attend toujours en pareil cas : *in.* Mais est-il exact de dire qu'elle fasse défaut, et ne serait-elle pas cachée dans la lettre avec laquelle on la voit se confondre si fréquemment ([1]), dans l'M initiale du prétendu mot ΜΥΗΟΒΑRΒUΜ? S'il en était ainsi, que représenteraient les lettres suivantes ΥΗΟΒΑRΒUΜ? Cet Y grec désignant un nom d'origine hellénique, il est naturel d'essayer une transcription en grec, puisque nous savons qu'Ausone se plaisait à ces mélanges bilingues.

Nous avons donc un Υ. La lettre suivante, Η, ne peut être un *éta,* puisque la troisième est aussi une voyelle, mais la paléographie grecque nous tend la main et nous apprend que Π et Η sont confondus à tout instant dans les manuscrits ([2]). Cela nous donne ΥΠΟ, comme premiers éléments

---

([1]) Cf. dans Tacite, *Hist.* III, 36, la confusion de *in ore* avec *more.*

([2]) Bast (*Commentatio Paleographica,* à la suite du Grégoire de Corinthe de Schæfer, p. 715): « *Etiam Π et Η interdum solo verborum*

du mot, et nous confirme dans cette présomption que le
mot défiguré est un mot grec. Mais, quand on en est là,
le reste se devine. Quel est en effet le mot grec, composé
de ΥΠΟ, répondant au sens appelé par le titre de l'épigramme et représentant le nombre et la figure des lettres
fournies par les manuscrits et les anciennes éditions
d'Ausone? Ce mot est : ΥΠΟΒΑΘΡΟΝ, qui signifie, tout
simplement : socle ou piédestal. Le sens, avec ce mot,
n'offrira plus de difficulté, il sera : « Vers à inscrire sur
le socle d'un Bacchus portant les attributs de tous les
Dieux. » C'est ainsi que Praxitèle avait fait ou fait faire
un *epigramma* destiné à être inscrit « sur *le socle d'un
Amour* placé au bas de la scène du théâtre d'Athènes » :
ἐν τῇ τοῦ Ἔρωτος βάσει τοῦ ὑπὸ τὴν σκηνὴν τοῦ θεάτρου
ἐπέγραψεν· κ. τ. λ. (¹)

sensu dignosci possunt, quoniam calamus velociter scribentis parum
curat, quem locum medius ductus, summum, ut decet, an paulo
inferiorem, occupet. » Cf. W. Wattenbach, *Anleitung zur griechischen
Palæographie*, p. 9 de la partie autographiée.

(¹) Athenée, *Deipnosophist.* XIII, 59; p. 591, A, de l'éd. de Casaubon.
Pour Hesychius et le *Grand Etymologique*, βάθρον est le synonyme
de βάσις, et désigne le piédestal d'une statue : βάθρον σημαίνει... βάσιν
τοῦ ἀνδριάντος. Le composé ὑπόβαθρον avait probablement le même
sens que le simple. Toutefois, si l'on voulait lui conserver la valeur
rigoureuse de ses éléments, il pourrait désigner la frise inférieure
du piédestal. (Comparez les formules *cum basi et hypobasi*, dans
quelques inscriptions latines; Orelli, *Inscr. lat.*, 1541 et 1670.) Rien
n'empêcherait en ce cas de supposer que le haut du piédestal de ce
Bacchus d'Ausone portât l'inscription grecque formant aujourd'hui
la XXIXᵉ épigramme, tandis que le bas, ὑπόβαθρον, était garni de l'inscription latine, des emblèmes panthées occupant le dé intermédiaire.
Cette conjecture n'implique pas nécessairement que les deux inscriptions dussent avoir la même étendue; mais il est bon de remarquer
que l'inscription grecque ne semble pas complète. Équivalent de
l'inscription latine, en ce qu'elle contient, elle n'a point le trait final
caractéristique et ne compte que trois vers. Or, si l'on suppose un
vers perdu, à la fin de la pièce grecque, les deux inscriptions se
trouveront avoir le même nombre de lettres.

Et quant à l'analogie graphique des mots, elle est des plus frappantes : qu'on en fasse la confrontation avec une transcription en écriture onciale ou en minuscule :

ШYHOBARBШD

ШYПOBAθPON

La terminaison seule présente une légère dissemblance, mais une dissemblance qui devenait inévitable du moment où la transcription était faite en caractères romains. Une fois le mot naturalisé latin de par l'autorité d'un copiste, la désinence grecque devait faire place à la désinence latine correspondante : c'est sans doute ce qui a eu lieu.

Du reste, la signification du mot que je propose de rétablir suffit à justifier son emploi en langue grecque, le vocabulaire hellénique ayant été adopté par les romains pour les termes techniques d'architecture, ainsi que l'on peut s'en convaincre en parcourant les livres de Vitruve.

Je lis donc : *In* ὑπόβαθρον *Liberi Patris, etc.*

Si cette restitution, qui me paraît extrêmement probable, était acceptée, comme il ne resterait plus rien de la coupe mystique de Bacchus, de la souris et de la barbe imaginées par Huet, Scaliger et Turnèbe, il faudrait se hâter d'effacer dans nos lexiques le mot *myobarbum* qu'on y a introduit trop facilement, et qui n'a pour autorité que de simples imaginations.

Puisque je viens de rappeler la confusion fréquente de *in* et de *m,* je signalerai un autre titre d'épigramme où elle me semble s'être produite encore.

L'épigramme X^e est écrite contre une femme adultère qui avait voulu empoisonner son mari. Après avoir administré un poison, la malheureuse, afin de mieux assurer le résultat, en ajoute un second par surcroît; or, ce poison se trouve être l'antidote du premier et sauve la vie du mari infortuné.

Le titre latin porte : *In Eumpinam adulteram.*

Ce nom d'*Eumpina* a semblé trop barbare et mal construit pour être exact; Scaliger l'a changé en *Eunapiam* ce qui est un simple à peu près; et Tollius en *veneficam,* conjecture infiniment plus ingénieuse, qui serait acceptable si elle ne s'éloignait pas trop des indices fournis par les manuscrits. Je crois que l'on se rapprocherait beaucoup de ces indices en lisant *Eunomam,* l'*m* aurait été prise pour *in,* ainsi que je l'ai dit plus haut, et l'*o* pour un *p,* soit que sa forme onciale en deux croissants opposés ait facilité directement la confusion, soit que son tracé un peu petit rapproché du trait vertical d'une N ait figuré un P lié à cette N : EVNᵒMAM (¹).

Dans sa LXXVe épigramme, Ausone donne à un médecin le nom d'*Eunomus*. Ici celui d'*Eunoma* ferait une allusion satirique à l'heureuse formule — εὖ et νομή (²) — des breuvages ordonnés par la femme adultère.

En un sujet aussi médical, et chez le fils très érudit d'un médecin qui ne parlait que la langue d'Hippocrate (³), on ne saurait être surpris de rencontrer une étymologie grecque; puis, nous savons par d'autres exemples (⁴) que

---

(¹) Il est presque superflu d'ajouter que cette lecture et l'introduction du P devait amener fatalement le changement postérieur de l'N en M, en vertu du principe d'assimilation.

(²) Comparez διανομή. La forme grecque Εὐνόμα est d'ailleurs connue.

(³) Ausone (*Edyll.* II, 9) dit de son père :

> *Sermone impromtus Latio; verum Attica lingua*
> *Suffecit culti vocibus eloquii.*

(⁴) Voy. Ausone, *Epigr.* 41.

notre poète ne dédaignait pas ces jeux de mots sur des noms helléniques.

Il s'était d'ailleurs exercé sur les charmants tours de force de l'*Anthologie grecque,* et je ne saurais mieux faire, pour terminer ces notes, que de m'arrêter sur une de ses plus élégantes traductions. — L'épigramme LXXXII est tirée d'une pièce grecque dont le premier vers était ainsi conçu :

ʾΑ χάρις ἁ βραδύπους ἄχαρις χάρις.

« Un bienfait lent à venir est un bienfait mal fait ([1]). »

Ausone a dit, d'après toutes les éditions :

Gratia quæ tarda est ingrata est. Gratia namque
Cum fieri properat, gratia grata magis.

Cela rend bien le jeu de mots de l'original, mais à la condition d'introduire une correction dans ce texte. Je ne puis comprendre en effet comment tous les éditeurs, sans exception, ont ponctué cette pièce de telle sorte qu'au lieu d'être une exacte copie de l'original, ce n'est plus qu'un à peu près surchargé d'un pléonasme.

Il est clair que dans le vers grec l'effet littéraire est tout entier dans le rapprochement des mots ἄχαρις χάρις. Ausone n'a pas manqué de reproduire le même artifice, en rapprochant les mots *ingrata gratia,* mais ses éditeurs les ont séparés par une ponctuation inopportune qui brise tout. Je propose hardiment de la modifier et de lire :

Gratia quæ tarda est ingrata est gratia; namque
Cum fieri properat gratia, grata magis.

([1]) Traduction de M. Corpet.

Le premiers vers ainsi rétabli reproduit mot pour mot le grec de l'inscription.

Ce grec appelle mon regard sur celui de l'épigramme qui précède :

$$\text{Ἀρχὴ τὸ ἥμισυ παντός,}$$

« le commencement est la moitié du tout ». Après ces premiers pas, en effet, je me laisserais aller volontiers à donner ici même tout le restant de ces remarques. Mais Ausone lui-même, par la bouche d'un des sept sages, semble me crier : μηδὲν ἄγαν. Je m'arrête donc, et souhaite, sans l'espérer beaucoup, que dans ces causeries capricieuses le lecteur bienveillant n'ait trouvé *Rien de trop.*

CHAPITRE IV

NOTES COMPLÉMENTAIRES SUR REGNIER

SOMMAIRE. — Deux nouvelles éditions de Regnier. — Conjecture confirmée.
— Une bonne restitution de Brossette rejetée à tort. — « *C'est pour en
mourir.* » — Conjecture à propos de Pégase. — Incertitudes sur le mot
piaffer.

Au moment où ces dernières pages sont mises sous
presse, je reçois deux nouvelles éditions de Regnier,
publiées : l'une par M. E. Courbet ([1]), l'autre par M. L.
Lacour ([2]). La première est, de beaucoup, la plus impor-
tante au point de vue de la critique du texte; elle est,
de plus, accompagnée d'une notice remplie de faits et
d'observations intéressantes ([3]). On peut regretter que
certaines remarques philologiques, comprises soit dans
les *Notes et Variantes,* soit dans le *Glossaire* trop exigu
de la fin, manquent de précision ou de justesse, mais
on doit remercier M. Courbet du soin qu'il a apporté à
fournir au lecteur une représentation fidèle des premières
éditions de notre satirique; il a fait, à cet égard, œuvre
utile.

Ne pouvant me livrer ici à un examen approfondi de
cette édition, j'userai cependant des instruments nouveaux qu'elle offre à la critique pour compléter une de

([1]) Paris, Lemerre, 1875, in-8°.
([2]) Paris, Jouaust, 1875, petit in-8°.
([3]) Parmi ces observations, je signale en particulier ce qui est
relatif (p. xcix) aux sentiments de Regnier à l'égard de Du Perron.
Les épigrammes décochées au Cardinal et retrouvées par le savant
M. Tricotel (p. 241) donnent, ce me semble, un intérêt inattendu aux
imitations que j'ai signalées en tête des présentes *Remarques.*

mes observations antérieures et faire à la hâte deux remarques nouvelles.

J'ai dit plus haut (p. 30) que j'avais des doutes sur la leçon des textes originaux, à propos de ce vers :

·Et si l'on n'est docteur sans prendre ses degrés,

et j'ai conjecturé qu'il fallait lire peut-être :

Et si l'on naist docteur sans prendre ses degrés.

Mes doutes et ma conjecture se trouvent justifiés par les renseignements donnés dans l'édition de M. Courbet. Le premier texte (1608, 1609) ne porte ni « *est docteur* », ni « *n'est docteur* » (¹) (cette dernière leçon est celle de 1612 et 1613); il porte :

Et si l'on nest docteur sans prendre ses degrés.

« *Nest* » est mis là évidemment pour *naist*. M. Courbet le constate, mais je suis surpris qu'après cette constatation, il propose d'accepter la leçon arbitraire : « *Et si l'on est docteur* ». L'emploi du verbe *naître* est si naturel ici et si bien justifié par ce qui suit, que je l'avais rétabli par hypothèse. Les réserves que j'ai faites, et qui doivent accompagner toute conjecture de ce genre, n'ont plus,

---

(¹) L'édition nouvelle de M. L. Lacour, qui est donnée pour une reproduction du texte de 1613, amendé au besoin à l'aide de celui de 1608, donne ici la leçon *est docteur,* qui n'est, paraît-il, ni de 1608, ni de 1613; elle ne signale même pas en note les leçons authentiques, et n'avertit point de l'introduction dans son texte d'une correction qui est toute conjecturale. On voit par là combien les simples reproductions sont des travaux d'exécution difficile, puisque les plus expérimentés ne parviennent pas toujours à les rendre exactes.

pour moi, de raison d'être après la vérification du texte primitif, et je tiens la leçon « *naist* » pour parfaitement certaine.

Je n'ai pas à m'enorgueillir de cette heureuse rencontre, n'ayant fait, en somme, qu'enfoncer une porte que la première édition, à mon insu, laissait entr'ouverte. Mais j'en tire une preuve nouvelle de la grosse part revenant aux copistes et aux typographes dans les défectuosités nombreuses qui déparent encore l'œuvre de Regnier; j'en tire en même temps la démonstration de l'efficacité d'une critique établie sur l'examen comparatif du texte, et s'appuyant sur l'étude des formes usuelles de l'écriture, des variations de l'orthographe et du langage.

Si je ne puis trop remercier M. Courbet de tous les soins qu'il a pris pour fournir à ceux qui, comme moi, étaient privés des éditions primitives l'indication exacte de leur texte, je lui reprocherai d'être un peu trop sévère pour certaines leçons ne provenant pas de ces premiers textes, mais fournies par d'heureuses corrections des éditeurs. Je citerai comme exemple ce passage de la satire XIIIe (vers 229 et suiv.) :

Tous ces beaux suffisants, dont la cour est semée,
Ne sont que triacleurs et vendeurs de fumée.
Ils sont beaux, bien peignez, belle barbe au menton;
Mais, quant il faut payer, au diantre le teston!
Et, faisant des *mourants* et de l'âme saisie,
Ils croyent qu'on leur doit pour rien la courtoisie.

« *Mourants* » est une correction de Brossette. Les éditions primitives donnent « *mouuans* » et « *mouuants* », leçon que M. Courbet, dans ses deux reproductions, juge bonne et s'efforce de justifier ([1]). Mais les exemples qu'il donne ne me paraissent être que des à peu près, ne justifiant nullement une expression qui est absolument insolite, et qui, fût-elle usitée, ne se trouverait point ici en rapport avec le reste de la phrase. Regnier, ou son copiste, avait sans doute écrit *mourants* avec une *r* ouverte que l'imprimeur a lue *v* et qu'il a représentée par un *u*. Voilà pour le côté matériel de la leçon. Quant à sa justification littéraire, Brossette ayant omis de la fournir, je le ferai à sa place, puisqu'elle paraît nécessaire. *Et faisant des mourants et de l'âme saisie* signifie : contrefaisant ceux qui sont morts d'amour et qui ont l'âme saisie de passion. La fin du vers fait bien comprendre le premier hémistiche ; elle serait sans aucune relation avec le mot *mouvants*. Mais l'observation essentielle à faire c'est qu'il était alors de mode d'employer à tout propos l'expression : « *C'est pour en mourir* »; « *Il en faudrait mourir* » :

J'en vy ces jours passez de vous une [chanson] si belle
Que c'est pour en mourir,

et encore :

Laissons-le discourir,
Dire cent et cent fois : « Il en faudroit mourir. »

C'est Regnier lui-même qui nous donne ce renseignement sur une affectation des courtisans de son temps, *Sat.* IV, 159, et *Sat.* VIII, 40. Brossette, à ce dernier passage, a cité très opportunément un autre exemple pareil tiré des *Mémoires de Sully*. Il aurait dû grouper ces faits intéressants et les invoquer à l'appui de sa correc-

---

([1]) L'édition de M. L. Lacour accueille aussi la leçon *mouvants*.

tion. Celle-ci me paraît donc excellente et j'estime qu'elle a bien droit d'être insérée dans le texte, auquel elle restitue à la fois la clarté et l'à-propos.

L'examen de l'excellente édition de M. Courbet donnerait lieu à bien d'autres observations. Au risque de finir par une témérité, je dirai les scrupules qu'elle m'a inspirés sur un passage de la IXᵉ satire.

Cette satire, dédiée à Rapin, est écrite contre Malherbe et les poètes de son école; on y lit un vers trop fameux :

> Il semble, en leurs discours hautains et genereux,
> Que le cheval volant n'ait pissé que pour eux.

Les éditions de 1608 et 1609 portent « *pissé* »; celles de 1612 et 1613, « *passé* ». Ce changement a donc été fait du vivant de l'auteur. Est-ce une erreur? Est-ce une correction?

A coup sûr, chez Regnier on ne peut pas arguer de l'audace d'un mot pour mettre en doute son authenticité, et l'expression, plus cynique encore, « pisser au bénitier » employée dans la IIᵉ satire, montre ce que l'écrivain pouvait oser. Il faut remarquer cependant que cette dernière formule était, selon toute apparence, un de ces dictons trop expressifs dont notre langue foisonnait au moyen âge et que la collection savante d'Érasme contribua à remettre à la mode et augmenter au seizième siècle. Le mot, en effet, est renouvelé des Grecs; on aurait pu le leur laisser, mais il n'y a point là une invention de Regnier, et si cette observation ne justifie pas l'emploi d'un pareil adage, elle explique, dans une certaine mesure, qu'il ait pu être risqué par un auteur tenant à la fois de l'esprit gaulois et de la tradition érudite du seizième siècle.

Maïs, pour ce qui est du passage relatif à Pégase, on
pourrait peut-être avoir des doutes sur l'exactitude de
la leçon adoptée. Cela est permis à coup sûr, puisque
sur quatre éditions originales auxquelles Regnier a participé lui-même (¹), deux donnent la leçon vulgairement
adoptée, et deux (les dernières publiées) la rejettent. La
leçon la plus audacieuse a pour elle l'audace ordinaire
du poète, elle a de plus un état de possession qui la
fait accepter; mais elle ne se rapporte à aucune version
mythologique, et constitue une grossière parodie de la
fable que Regnier n'avait pas l'habitude de travestir
ainsi. Or, cette fable dit que Pégase, en frappant l'Hélicon
de son pied, en fit jaillir la source des poètes, l'Hippo-
crène. Notre Ausone le raconte brièvement en ces deux
vers iambiques (²) :

> *Si vera fama est Hippocrene, quam pedis*
> *Pulsu citatam cornipes fudit fremens* (³).

(¹) Même en supposant posthume celle de 1613, on doit penser
qu'elle a été faite sur un exemplaire ayant appartenu à l'auteur.

(²) *Epist.* XXI, 8.

(³) Asclépiade ou Archias, dans l'*Anthologie grecque* (*Palat.* IX, 64) :

> Ἑλικωνίδος ἔνθεον ὕδωρ,
> τὸ πτανοῦ πώλου πρόσθεν ἔκοψεν ὄνυξ.

(Je remarque en passant que, dans la traduction latine de Grotius,
l'édition Didot donne à tort *velocis equi*. Il fallait lire *volucris equi*,
que donne le 5ᵉ volume de l'édition de Bosch, dans les notes.)
Du Bellay a visé cette épigramme, lorsqu'il a dit dans son *Poète
courtisan* :

> Sans prendre la peine
> De songer au Parnasse, et boire à la fontaine
> Que le Cheval volant de son pié fit saillir;

et, après lui, André Chénier (p. 331, éd. de 1872) :

> Je rêve, assis au bord de cette onde sonore
> Qu'au penchant d'Hélicon, pour arroser ses bois,
> Le Quadrupède ailé fit jaillir autrefois.

8

J'appelle l'attention du lecteur sur ce *fremens,* et je demande si l'on ne pourrait pas lire dans Regnier :

Il semble, en leurs discours hautains et genereux,
Que le cheval volant n'ait piaffé que pour eux.

Quant à l'explication de l'erreur typographique, elle ne serait pas difficile. Les *ff* et les *ff* étant presque identiques dans la typographie de cette époque, le mot qui a été imprimé pouvait aisément se confondre avec *piaffer* (¹). Puis, l'auteur s'étant aperçu de la coquille, si coquille il y a, et voulant la corriger vers 1609, aura porté sur son exemplaire la mention d'un *a* à ajouter après l'*i* et d'une barre à mettre dans les *ff*. Or, je constate, dans les corrections que j'ai de De Brach sur ses poésies imprimées, que le signe alors employé pour indiquer au typographe une lettre à ajouter est le même que celui qui indique une lettre à changer : la seule position du trait en modifiait la signification. Il serait donc possible que l'imprimeur de Regnier, au lieu de voir un *a* à ajouter, comme le réclamait, je suppose, l'exemplaire corrigé, eût compris qu'il fallait changer l'*i* en *a,* ce qui a été fait, et ce qui excluait la transformation des *ff* en *ff*.

Ainsi serait née la leçon de 1611 et 1613, « *passer* » qui n'a aucun sens satisfaisant, et dont l'hypothèse que je viens d'émettre expliquerait très nettement l'origine, au moins pour les personnes familiarisées avec les erreurs ordinaires des compositions typographiques. J'ajoute, toutefois, que je ne donne ceci que comme une simple

---

(¹) D'autant plus que *piaffer* étant, au rapport de Pasquier, un néologisme du seizième siècle, les typographes pouvaient n'être pas très familiarisés avec ce mot.

conjecture. J'oserais d'autant moins l'insérer dans le texte que je n'ai, je l'avoue, aucun exemple contemporain du mot *piaffer*, employé au sens actuel. Il est probable que cette acception était en usage (¹); mais, jusqu'à formelle vérification du fait, la correction ne peut être qu'une simple hypothèse. Je la formule sous cette réserve, et je croirais avoir servi Regnier si, par une telle conjecture, je devais réussir à faire planer un léger doute sur l'authenticité d'un texte qui prête, peut-être à tort, au poète un de ces excès de langage dont il n'a pas besoin qu'on lui fasse des largesses.

(¹) Nɪᴄᴏᴛ (dans son *Trésor de la langue françoise*, éd. de 1606), dit : « *Piaffe* (d'où vient tant le verbe *piaffer* que le nom *piaffeur*), » signe de braverie, qui est quand un esventé, par superbe et hautaine » contenance du visage, les bras courbez en anse, et de fiere desmar- » che, se porte superbement, contemnant et nazardant les autres. » Et, parce que telle engeance de gens est prompte à fouler de » menaces les autres et les gourmander, il semble qu'il peut estre » extraict de ce verbe grec πιάζω, qui signifie opprimer, angarier, » outrager, battre. » — « *Piaffer* signifie se porter envers les autres » avec braverie, menaces et oppression. » — L'étymologie grecque de Nicot est sans doute fantaisiste, mais elle a cela de bon qu'elle précise sa synonymie, et montre la tendance manifeste vers le sens devenu depuis le sens propre et usuel.

Bordeaux.—Imp. G. Gounouilhou, rue Guiraude, 11.

Bordeaux.—Imp. G. GOUNOUILHOU, rue Guiraude, 11.

www.ingramcontent.com/pod-product-compliance
Lightning Source LLC
Chambersburg PA
CBHW060817250626
47162CB00005B/1830